DOS NOVELAS DE AMOR Y REDENCIÓN

Otros títulos de Fredrik Backman

Gente ansiosa

Britt-Marie estuvo aquí

Cosas que mi hijo necesita saber sobre el mundo

Un hombre llamado Ove

Beartown

Nosotros contra todos

DOS NOVELAS

EL TRATO DE SU VIDA / Y CADA MAÑANA EL CAMINO A CASA SE VUELVE MÁS Y MÁS LARGO

FREDRIK BACKMAN

Traducción de Óscar A. Unzueta Ledesma

HarperCollins Español

Este libro es una obra de ficción. Los nombres, personajes, lugares y sucesos son fruto de la imaginación del autor o se utilizan de forma ficticia y buscan únicamente proporcionar un sentido de autenticidad. Cualquier parecido con sucesos, lugares, organizaciones o personas, vivas o muertas, es pura coincidencia.

DOS NOVELAS. Copyright © 2017 de Fredrik Backman. Todos los derechos reservados. Impreso en los Estados Unidos de América. Ninguna sección de este libro podrá ser utilizada ni reproducida bajo ningún concepto sin autorización previa y por escrito, salvo citas breves para artículos y reseñas en revistas. Para más información, póngase en contacto con HarperCollins Publishers, 195 Broadway, New York, NY 10007.

Los libros de HarperCollins Español pueden ser adquiridos con fines educativos, empresariales o promocionales. Para más información, envíe un correo electrónico a SPsales@harpercollins.com.

Título original de cada novela: *Ditt livs affär* y *Och varje morgon blir vägen hem längre och längre*

Publicadas en sueco por Forum en Estocolmo, Suecia, en 2017

PRIMERA EDICIÓN EN ESPAÑOL, 2024

Traducción: Óscar A. Unzueta Ledesma

Este libro ha sido debidamente catalogado en la Biblioteca del Congreso de los Estados Unidos.

ISBN 978-0-06-293065-1

24 25 26 27 28 HDC 10 9 8 7 6 5 4 3 2 1

CONTENIDO

DOS NOVELAS DE AMOR Y REDENCIÓN

El trato de su vida

Para mis amigos en The Tivoli, en Helsingborg. Quienes me dieron música cuando estaba solo, una anécdota cuando estaba extraviado, una cerveza cuando no tenía ni un centavo, un abrazo cuando me sentía abatido y siempre me pusieron en un taxi cuando ya era hora de irse a casa.

UNAS CUANTAS PALABRAS ANTES DE LAS DEMÁS PALABRAS

Este es un relato breve sobre lo que alguien estaría dispuesto a sacrificar para salvar una vida si estuviera en juego no solo su futuro, sino también su pasado. No solo los lugares a donde va, sino las huellas que ha dejado detrás. Si se tratara de ti, de todo lo que eres, ¿por quién renunciarías a ti mismo?

Escribí esta historia a altas horas de una noche, poco antes de la Navidad de 2016. Mi esposa y mis hijos dormían a unos cuantos brazos de distancia. Me sentía muy cansado. Había sido un año largo y extraño, y había estado pensando mucho en las elecciones que hacen las familias. Todos los días, en todas partes, vamos por un camino o por otro. Nos divertimos, nos quedamos en casa, nos enamoramos y nos quedamos dormidos al lado del otro. Nos damos cuenta de que necesitamos que alguien nos robe el corazón para entender qué es el tiempo en realidad.

Así que intenté contar una historia sobre todo eso.

Fue publicada en el periódico local de Helsingborg, mi ciudad natal, ubicada cerca del extremo sur de Suecia. Todos los lugares que aparecen en la historia son reales. Fui a la escuela que está a la vuelta de la esquina del hospital, y el bar donde los personajes beben es propiedad de unos amigos míos de la infancia, quienes también lo administran.

Varias veces he terminado muy ebrio en ese lugar. Si alguna vez visitas Helsingborg, te lo recomiendo ampliamente.

Ahora vivo seiscientos kilómetros más al norte, en Estocolmo, con mi familia. Así que, en retrospectiva, creo que esta historia no solo se trata de cómo me sentía respecto al amor y la muerte esa noche que estaba sentado en el piso junto a la cama donde mi esposa y mis hijos dormían, sino, además, de los sentimientos que tengo por el lugar donde crecí. Quizás todas las personas albergan ese sentimiento en lo más profundo de su ser: tu ciudad natal es algo de lo que en realidad nunca puedes escapar, pero, al mismo tiempo, es un lugar donde nunca puedes volver a casa. Porque ya no es tu hogar. No tratamos de hacer las paces con él. Ni con sus calles ni con sus ladrillos. Solo con la persona que éramos en aquel entonces. Y, quizás, tratamos de perdonarnos a nosotros mismos por todo lo que pensamos que llegaríamos a ser y no fuimos.

Tal vez esta historia te parecerá extraña, no lo sé. En todo caso, no es muy extensa, así que al menos terminará pronto. Pero quiero creer que, si mi yo más joven la hubiera leído, le habría parecido… bueno… que no es horrible. Creo que él y yo podríamos haber ido por una cerveza. Conversado sobre elecciones. Le habría enseñado fotos de mi familia y él habría dicho: «Muy bien. Te ha ido bien».

En fin, esta es la historia. Gracias por tomarte el tiempo para leerla.

Con afecto,
Fredrik Backman

Hola. Soy tu papá. Dentro de poco vas a despertarte. Es la mañana de la víspera de Navidad en Helsingborg y he matado a una persona. Así no es como empiezan los cuentos de hadas, lo sé. Pero he tomado una vida. ¿Acaso importa que sepas quién era?

Tal vez no. La mayoría de nosotros queremos creer con desesperación que se extraña por igual a cada corazón que deja de latir. Si nos preguntan: «¿Todas las vidas valen lo mismo?», casi todos responderemos convencidos: «¡Sí!». Pero solo hasta que alguien señala a una persona que amamos y nos cuestiona: «¿Qué me dices de esa vida?».

¿ACASO IMPORTA ENTONCES? SI ASESINÉ A UNA PERSONA buena. Una persona amada. Una vida valiosa.

¿SI SE TRATARA DE UNA NIÑA?

Ella tenía cinco años. La había conocido hacía una semana. En la sala de la televisión en el hospital había una pequeña silla roja, que era de ella. No era roja cuando la niña llegó, pero ella se dio cuenta de que la silla quería ser de ese color. Se necesitaron veintidós cajas de crayones, pero eso no importó, ella podía permitírselo, en este lugar todo mundo le regalaba crayones todo el tiempo. Como si ella pudiera desaparecer su enfermedad al dibujar, como si pudiera desvanecer las agujas y las medicinas al colorear. Desde luego que sabía que eso no era posible, era una chiquilla inteligente, pero fingía que sí por los demás. Así que pasaba sus días dibujando en papel, porque eso hacía que todos los adultos se pusieran contentos. Y por las noches coloreaba la silla. Porque tenía muchas ganas de ser roja.

La niña tenía un juguete de peluche, un conejo. Lo llamaba «Nejito». Cuando ella estaba aprendiendo a hablar, los adultos creían que le decía «Nejito» porque no podía pronunciar «Conejito». Pero se refería a él como «Nejito» porque ese era su nombre. No debería ser tan difícil de comprender, incluso para un adulto. A veces Nejito tenía miedo, y entonces podía sentarse en la silla roja. Quizás no está médicamente comprobado que sentarse en una silla roja reduzca el miedo, pero Nejito no lo sabía.

La niña se sentaba en el piso al lado de Nejito, acariciaba su patita y le contaba cuentos. Cierta noche, escondido de pie detrás de una esquina en el pasillo, la oí decir: «Voy a morir pronto, Nejito. Todas las personas mueren, aunque la mayoría morirá a lo mejor dentro de cien mil años, y puede ser que yo ya me muera mañana». Luego añadió con un susurro: «Espero que no sea mañana».

Entonces alzó la cabeza de repente, asustada, y miró a su alrededor como si hubiera oído a alguien caminar en el pasillo. Agarró a Nejito a toda prisa y, susurrando, le dijo buenas noches a la silla roja. «¡Es ella! ¡Viene para acá!», siseó la niña, corrió hacia su habitación y se escondió debajo del cobertor junto a su mamá.

YO TAMBIÉN CORRÍ. HE ESTADO CORRIENDO TODA MI VIDA. Porque, todas las noches, una mujer vestida con un grueso suéter tejido de color gris camina por los pasillos del hospital. Lleva en sus manos una carpeta. En su interior están escritos todos nuestros nombres.

Es la víspera de la navidad y, para cuando despiertes, es probable que la nieve ya se haya derretido. La nieve nunca subsiste por mucho tiempo en Helsingborg. Este es el único lugar que conozco donde el viento sopla en diagonal desde abajo, como si te cacheara. Donde los paraguas te protegen mejor si los sostienes de cabeza. Yo nací aquí, pero nunca me acostumbré a ello, Helsingborg y yo nunca haremos las paces. Quizás todas las personas se sienten así respecto de su ciudad natal, el lugar del que provenimos nunca se disculpa, nunca admite que estaba equivocado sobre nosotros. Solo espera ahí, al final de la autopista E4, y susurra: «Puede que ahora seas rico y poderoso. Y puede ser que vuelvas a casa con relojes caros y prendas elegantes. Pero a mí no me engañas, porque yo sé quién eres en realidad. No eres más que un niñito asustado».

ANOCHE ME ENCONTRÉ CON LA MUERTE, JUNTO A LOS RESTOS de mi auto destrozado, después del choque. Mi sangre estaba por todas partes. La mujer del suéter gris se encontraba de pie, a mi lado, me miró con una expresión de descontento en el rostro y dijo: «Tú no deberías estar aquí». Tenía mucho miedo de ella, porque soy un ganador, un sobreviviente. Y todos los sobrevivientes le temen a la muerte. Por eso seguimos aquí.

Mi rostro tenía tantas cortadas que estaba hecho trizas, mi hombro se dislocó y yo quedé atrapado entre láminas de metal y tecnología con valor de un millón y medio de coronas suecas. Cuando vi a la mujer, grité:

—¡Llévate a otra persona! ¡Puedo darte alguien más a quien matar!

Pero ella se limitó a inclinarse al frente, con pinta de sentirse decepcionada, y dijo:

—Así no es como funciona esto. Yo no tomo las decisiones. Solo me encargo de la logística y el transporte.

—¿Para quién trabajas? ¿Para Dios o el Diablo o... para alguien más? —sollocé.

Ella suspiró.

—Yo no me inmiscuyo en politiquerías. Solo hago mi trabajo. Ahora dame mi carpeta.

No fue el choque de mi auto lo que me trajo al hospi-tal, yo ya había estado ahí mucho tiempo antes de que eso sucediera. Cáncer. Había conocido a la niña seis días atrás, yo estaba fumando en la escalera de incendios para que las enfermeras no me vieran. Habían estado dándome lata por mi hábito de fumar, como si el cigarro fuera a tener tiempo de matarme.

La puerta que daba al pasillo estaba entreabierta, y podía oír a la niña hablando con su mamá en la sala de la televisión. Todas las noches jugaban el mismo juego. Cuando el silencio en el hospital dejaba oír los copos de nieve posarse en las ventanas como si fueran besos de buenas noches, la mamá le susurraba a la niña: «¿Qué vas a ser cuando seas grande?». Era un juego que jugaban por el bien de su mamá, la niña lo sabía, pero fingía que era por el suyo. Ella decía entre risas «Doctora» e «Ingenieeera», y su favorita de siempre: «Cazadora espacial».

Una vez que la mamá caía dormida en un sillón, la niña

se quedaba ahí, coloreando la silla que quería ser roja y platicando con Nejito, que tenía justo ese nombre. «¿Hará frío después de que te mueres?», le preguntaba a Nejito. Pero Nejito no lo sabía. Así que la niña metía unos guantes gruesos en su mochila, por si acaso.

ELLA ME VIO A TRAVÉS DEL VIDRIO. NO SE ASUSTÓ, Y recuerdo que me indigné con sus papás por ello. ¿Qué clase de adultos no educan a su hija para que sienta terror de un tipo desconocido y fumador empedernido de cuarenta y cinco años que la mira fijamente desde una escalera de incendios? Pero esta niña no se asustó. Me saludó con un movimiento de su mano. Yo le devolví el gesto. Ella tomó a Nejito de la pata, se acercó a la puerta y habló a través del resquicio.

—¿Tú también tienes cáncer?

—Sí —le respondí. Porque era verdad.

—¿Eres famoso? Sales en una foto del periódico de mi mamá.

—Sí —le contesté. Porque también era verdad.

Los periódicos escribían acerca de mi fortuna, nadie sabía aún que estaba enfermo, pero soy el tipo de persona cuyo diagnóstico se convertirá en noticia. No soy un individuo ordinario, cuando fallezca todos se enterarán. Cuando mueren niñas de cinco años, en ningún lado se escribe sobre eso, para ellas no hay ningún homenaje *in memoriam* en la prensa vespertina, sus pies todavía son demasiado pequeños, aún no han tenido tiempo de hacer que sus huellas le importen a alguien. Pero yo le importo a la gente por lo que dejaré detrás de mí, por lo que he construido y logrado: empresas e inmuebles y demás bienes. El dinero no es dinero para mí, no como lo es para ustedes, yo lo ahorro y lo cuento y no me preocupo por él. Para mí solo significa puntos a favor, solo me sirve para medir mi ventaja sobre los demás.

—No es el mismo cáncer que tú tienes —le dije a la niña. Porque ese era mi único consuelo ante el diagnóstico. Que el doctor me había explicado con pesar: «Usted tiene un tipo de cáncer muy poco común».

Ni siquiera me enfermo de cáncer como todos ustedes.

La niña parpadeó con fuerza y preguntó:

—¿Hace frío después de que te mueres?

—No lo sé —le dije.

Debí haberle respondido algo distinto. Algo más grandioso. Pero yo no soy así. Solo dejé caer mi cigarro y mascullé:

—Deberías dejar de dibujar en los muebles.

Sé lo que estás pensando: qué bastardo soy. Y tienes razón. Pero la gran mayoría de las personas exitosas no nos convertimos en bastardos, ya lo éramos desde mucho antes. Es por eso que hemos sido exitosos.

—Cuando tienes cáncer puedes dibujar en los muebles

—exclamó la niña de repente, mientras se encogía de hombros—. Nadie dice nada.

No sé bien a bien qué tenía de gracioso lo que dijo, pero empecé a reírme. ¿Cuándo había sido la última vez que lo hice? La niña también se echó a reír. Entonces, ella y Nejito se fueron corriendo a su habitación.

Es tan fácil matar a alguien, todo lo que una persona como yo necesita es un auto y unos cuantos segundos. Porque la gente como tú confía en mí, ustedes conducen miles de kilos de metal a más de cien kilómetros por hora, adentrándose en la oscuridad, con sus seres más queridos durmiendo en el asiento trasero, y cuando alguien como yo viene en la dirección opuesta, ustedes confían en que yo no tengo mis frenos en mal estado. En que no estoy buscando mi teléfono entre los asientos, en que no estoy manejando demasiado rápido, en que no voy a la deriva entre los carriles por estar parpadeando para ahuyentar las lágrimas de mis ojos. En que no me he detenido en la vía de acceso a la carretera provincial 111 con los faros apagados, tan solo para esperar un camión. Ustedes confían en mí. En que no estoy ebrio. En que no voy a matarlos.

ESTA MAÑANA, LA MUJER DEL SUÉTER GRIS ME JALÓ PARA sacarme de los restos de mi auto. Limpió mi sangre de su carpeta.

—Mata a alguien… más —le rogué.

Ella respiró por la nariz con resignación.

—Esto no funciona así. No tengo esa clase de influencia. No puedo nada más intercambiar una muerte por otra muerte. Tengo que intercambiar una vida por otra vida.

—¡Entonces hazlo! —grité.

La mujer movió la cabeza de un lado a otro, afligida; extendió su mano y tomó un cigarro del bolsillo de mi camisa. El cigarro estaba torcido pero no roto. Lo fumó en dos largas caladas.

—En realidad ya lo dejé —dijo ella a la defensiva.

Yo yacía sangrante en el suelo, y apunté a la carpeta.

—¿Mi nombre está ahí?

—El de todos.

—¿A qué te refieres con «intercambiar una vida por otra vida»?

Ella soltó un gruñido.

—REALMENTE ERES UN IDIOTA. SIEMPRE LO HAS SIDO.

Alguna vez fuiste mío. Mi hijo.

LA NIÑA DEL HOSPITAL ME RECORDABA A TI. ALGO PASÓ cuando tú naciste. Llorabas con mucha intensidad, y fue la primera vez que eso me pasó, la primera vez que sufrí por otra persona. No podía permanecer junto a alguien que tuviera tal poder sobre mí.

De vez en cuando, todos los padres y las madres se toman cinco minutos en el auto, afuera de la casa, solo para quedarse ahí sentados, respirando y reuniendo fuerzas para soportar entrar de nuevo y enfrentar todas sus responsabilidades. Las sofocantes expectativas de ser bueno, de sobrellevar las cosas. A veces, todos los padres y las madres se toman diez segundos en la caja de la escalera, llave en mano, sin ponerla en la cerradura. Yo fui sincero, solo esperé un instante y entonces hui. Pasé tu infancia entera viajando. Tenías la edad de la niña cuando me preguntaste a qué me dedicaba. Te dije: «A ganar dinero». Dijiste que todos hacían eso. Te contesté:

«No, la mayoría de la gente solo sobrevive, cree que sus cosas poseen un valor, pero nada lo tiene. Las cosas solamente tienen un precio basado en las expectativas, y yo hago negocio con ellas. La única cosa de valor en la Tierra es el tiempo. Un segundo siempre será un segundo y eso no se puede negociar».

Ahora me desprecias, porque he dedicado todos mis segundos al trabajo. Pero al menos los he dedicado a algo. ¿A qué han dedicado su vida los padres de tus amigos? ¿A fiestas de parrillada y rondas de golf? ¿A vacaciones chárter y series de televisión? ¿Qué van a dejar ellos detrás?

AHORA ME ODIAS, PERO ALGUNA VEZ FUISTE MÍO. ALGUNA vez te sentaste en mi regazo y tuviste miedo del cielo estrellado. Alguien te había dicho que las estrellas no estaban realmente encima de nosotros sino debajo, y que la Tierra giraba tan rápido que, si eras pequeño y liviano, podías caer de forma directa hacia toda esa oscuridad. La puerta de la terraza estaba abierta, tu mamá escuchaba a Leonard Cohen, así que te dije que en realidad vivíamos en lo profundo de una cueva acogedora, y que el cielo era una piedra que cubría la entrada. «Y entonces, ¿qué son las estrellas?», me preguntaste, y te respondí que eran grietas por donde la luz podía filtrarse al interior. Y luego te dije que, para mí, tus ojos eran la misma cosa. Pequeñas, pequeñísimas grietas, por donde la luz podía filtrarse al exterior. Te reíste con muchas ganas entonces. ¿Alguna vez te has vuelto a reír así? Yo me reí también. Yo, que quería tener una vida muy por encima de todos los demás, terminé con un hijo que prefería vivir en las profundidades, debajo de la superficie.

En la sala, tu mamá subió el volumen y bailó entre risas, al otro lado de la ventana. Te afianzaste a mi regazo para estar todavía más cerca de mí. Fuimos una familia en ese entonces, aunque de manera fugaz. Yo les pertenecí a ustedes dos por unos cuantos instantes.

Sé que deseabas tener un papá común y corriente. Uno que no viajara, que no fuera famoso, uno que se hubiera contentado con la mirada de dos ojos y nada más: los tuyos. Nunca querías decir tu apellido y tener que oír «Disculpa, ¿tu papá es...?». Pero yo era demasiado importante para eso. No te llevaba a la escuela, no te tomaba de la mano, no te ayudaba a apagar las velas de tu pastel de cumpleaños a soplidos, jamás me quedé dormido en tu cama, a la mitad de nuestro cuarto cuento para dormir, con tu mejilla en mi clavícula. Pero tú tendrás todo lo que todas las demás personas ambicionan: riqueza. Libertad. Yo te abandoné, pero al menos te abandoné en lo más alto de la jerarquía de las necesidades humanas.

Pero eso no te importa, ¿verdad? Eres el hijo de tu madre. Ella era más inteligente que yo; en realidad nunca se lo perdoné. Pero también era más sensible que yo, esa era su debilidad, y eso significaba que yo podía herirla con mis palabras. Quizás no te acuerdas de cuando ella me abandonó, aún eras muy pequeño, pero la verdad es que ni siquiera lo noté. Llegué a casa después de un viaje y me llevó dos días darme cuenta de que ninguno de ustedes dos estaba ahí.

Varios años después, cuando tenías once o doce, tú y ella tuvieron una fuerte discusión por algo; tomaste un autobús a mi casa a mitad de la noche y, con los ojos húmedos, dijiste que querías vivir conmigo. Te contesté que no. Estabas completamente fuera de ti, sollozaste y luego rompiste a llorar sobre la alfombrilla de mi vestíbulo, y gritaste que eso no era justo.

Te miré a los ojos y te dije:

—La vida no es justa.

Te mordiste el labio. Bajaste la vista y respondiste:

—Por suerte para ti.

QUIZÁS DEJASTE DE SER MÍO ESE DÍA, NO LO SÉ. TAL VEZ FUE entonces cuando te perdí. En ese caso, yo estaba equivocado. En ese caso, la vida es justa.

Hace cuatro noches, la niña tocó de nuevo en la ventana.

—¿Quieres jugar? —preguntó.

—¿Qué? —le dije.

—Estoy aburrida. ¿Quieres jugar?

Le dije que tenía que ir a acostarse. Porque soy la persona que tú crees que soy, la clase de persona que dice «no» cuando una niña de cinco años, destinada a morir, quiere jugar. Nejito y ella se fueron hacia su habitación, pero la niña se volvió, me miró y preguntó:

—¿Tú también eres valiente?

—¿Qué?

—Todos dicen que soy muy valiente.

Sus párpados aletearon. Así que le respondí con franqueza:

—No seas valiente. Si tienes miedo, ten miedo. Todos los sobrevivientes lo tienen.

—¿Tú tienes miedo? ¿De la señora de la carpeta?

Le di una calada tranquila a mi cigarro, asentí despacio.

—Yo también —dijo la niña.

Nejito y ella caminaron hacia su habitación. No sé qué pasó en ese momento. Quizás me agrieté, de modo que la luz se derramó al exterior. O al interior. No soy malvado, hasta yo comprendo que el cáncer debería tener un límite de edad. Así que abrí la boca y dije:

Hoy no. Me quedaré aquí a vigilar, para que ella no venga esta noche.

Y, entonces, la niña sonrió.

A LA MAÑANA SIGUIENTE ESTABA SENTADO EN EL PISO DEL pasillo, todavía despierto. Oí que la niña y su mamá jugaban un juego nuevo. La mamá preguntó: «¿A quién quieres invitar a tu próxima fiesta de cumpleaños?», a pesar de que no habría una «próxima». La niña le siguió el juego, recitó de un tirón los nombres de todas las personas que amaba. Es una larga lista cuando tienes cinco años. Esa mañana, yo estaba incluido en ella.

Soy un egoísta, tú lo supiste desde un principio. Una vez, tu mamá me dijo a gritos que yo soy el tipo de individuo que no tiene iguales, solo hay personas por encima de mí de quienes quiero algo y personas por debajo de mí a quienes pisoteo. Ella tenía razón, así que seguí adelante hasta que ya no quedaba nadie por encima de mí.

Pero ¿qué tan grande es mi egoísmo? Sabes que puedo comprar y vender lo que sea, pero ¿sería capaz de trepar por encima de cadáveres? ¿Sería capaz de matar a alguien?

YO TUVE UN HERMANO. JAMÁS TE HABÍA CONTADO ESO. Cuando nacimos, él estaba muerto. Quizás solo había lugar en la Tierra para uno de los dos, y yo lo deseaba más. En el útero, trepé por encima de mi hermano. Yo era un ganador, ya desde entonces.

La mujer de la carpeta estaba ahí, en ese hospital. He visto las fotos. A veces, mi mamá olvidaba esconderlas cuando bebía a solas por la noche y, demasiado ebria, se quedaba dormida. La mujer aparecía por todos lados en esas imágenes, una figura desenfocada por fuera de las ventanas, una forma borrosa en los pasillos. En una de las fotos, tomada un día antes de nuestro nacimiento, ella estaba de pie detrás de mis padres, en la fila de una estación de servicio.

Mamá estaba muy embarazada. Papá reía en esa foto. Jamás lo vi hacer eso. Durante toda mi vida, siempre se limitó a sonreír.

Cuando yo tenía cinco años, vi a la mujer de la carpeta junto a unas vías de tren. Yo estaba a punto de cruzarlas cuando ella apareció de repente en el otro lado y gritó algo. Sorprendido, me detuve de golpe. El tren llegó un segundo después, con un gran estruendo tan cerca de mí que caí al suelo. Cuando terminó de pasar, ella se había ido.

Tenía quince cuando, cierto día, mi mejor amigo y yo estábamos jugando en los peñascos junto al mar en el cabo de Kullaberg y, a la mitad del camino rumbo a la cima, pasamos junto a una mujer con un suéter gris. «Tengan cuidado, esos peñascos son muy peligrosos cuando llueve», dijo ella entre dientes. No la reconocí sino hasta que ya había desaparecido. Media hora después empezó a llover, mi mejor amigo cayó de manera abrupta. Cuando lo enterraron, la lluvia aún persistía, como si nunca pensara detenerse. Al salir de la iglesia de Santa María, vi a la mujer de pie en la plaza bajo un paraguas, pero, de todos modos, la lluvia golpeaba sus mejillas, como solo lo hace en Helsingborg.

Cuando papá enfermó, vi a la mujer afuera de su habitación en una clínica de cuidados prolongados, durante su última noche. Yo venía del sanitario, ella no me notó. Tenía puesto el mismo suéter gris, tomaba notas en su carpeta con un lápiz negro. Entonces entró a la habitación de papá y nunca salió. A la mañana siguiente, papá se encontraba sin vida.

Cuando mamá enfermó, yo trabajaba en el extranjero. Hablábamos por teléfono cuando, muy débil, me susurró: «El doctor dice que todo parece normal». No quería que me preocupara por que ella fuera a morir de forma dramática. Mis padres siempre quisieron que todo fuera común y corriente, desde que mi hermano murió solo deseaban ser como todos los demás. Quizás por eso yo me convertí en alguien excepcional, por terquedad pura y para llevarles la contra. Mamá falleció durante la noche; contraté a un valuador para que revisara su departamento y sus pertenencias, y él me envió varias fotos. En una de ellas, tomada en la recámara, podía apreciarse un lápiz negro tirado en el piso. Cuando llegué a casa, el lápiz había desaparecido. Las pantuflas de mamá se encontraban en el vestíbulo y, debajo de las suelas, había pequeñas bolitas de lana gris.

Fallé contigo. Se supone que los padres deben enseñarles a los hijos acerca de la vida, pero tú fuiste una decepción.

EL OTOÑO PASADO ME LLAMASTE POR TELÉFONO EN MI cumpleaños número cuarenta y cinco. Acababas de cumplir veinte. Me contaste que habías conseguido un trabajo en el viejo edificio Tivoli. La ciudad había mudado el edificio entero al otro lado de la plaza del puerto a fin de hacer lugar para condominios horizontales. Pronunciaste «condominios horizontales» con desprecio, porque somos muy diferentes. Tú ves historia, yo desarrollo, tú ves nostalgia, yo debilidad. Yo podría haberte dado un empleo, podría haberte dado cien empleos, pero tú querías ser barman en el bar Vinyl, en un edificio que ya estaba en ruinas cuando era una estación para barcos de vapor hace cuatro generaciones. Te pregunté sin rodeos si estabas contento. Porque yo soy quien soy. Y tú respondiste: «Es lo suficientemente bueno, papá. Suficientemente bueno». Porque sabías que yo odiaba esa frase. Siempre fuiste una de esas personas que podían llegar a sentirse satisfechas. No sabes la bendición que significa.

Quizás fue tu mamá quien te obligó a llamarme, creo que ella sospechaba que yo estaba enfermo, pero tú me invitaste al bar. Dijiste que en el café servían *smørrebrød*, te acordaste de que, cuando eras pequeño, yo siempre comía eso cuando tú y yo tomábamos el transbordador a Dinamarca cada Navidad. Tu mamá me fastidiaba para que al menos una vez al año hiciera algo especial contigo, creo que ya lo sabes. Pero no podía estarme quieto y hablar, necesitaba estar en camino hacia algún lado, y tú te mareabas al viajar en auto. A los dos nos gustaba el recorrido en el transbordador, a mí el trayecto de ida y a ti el de regreso. A mí me encantaba dejar todo atrás, pero tu preferías estar de pie en la cubierta y ver Helsingborg aparecer en el horizonte. El camino a casa, la silueta de algo que reconocías. Amabas todo eso.

El otoño pasado, desde mi auto en la plaza del puerto, te vi a través de la ventana del bar. Preparabas cocteles y hacías reír a la gente. No entré al lugar, tenía demasiado miedo de que se me escapara decirte que tenía cáncer. No habría podido soportar tu compasión. Y yo estaba ebrio, desde luego, así que me acordé de los escalones afuera de la casa de tu mamá y de todas las veces que estuviste sentado ahí, esperándome, cuando yo no aparecía como lo había prometido. De todas las veces que desperdicié tu tiempo. Me acordé del transbordador de cada Navidad, que siempre tomábamos por la mañana, temprano para volver a casa a tiempo y dedicarme a beber el resto del día. Hicimos nuestro último viaje cuando tenías catorce años, después de llegar a Dinamarca te enseñé a jugar póker en la taberna de un sótano en Elsinor, y aprendiste a identificar a los perdedores en una mesa: hombres débiles con aguardientes fuertes. Te enseñé a aprovecharte de aquellos que no entendían el juego. Ganaste seiscientas coronas. Yo quería seguir jugando, pero me lanzaste una mirada suplicante y dijiste: «Seiscientas coronas son suficientemente buenas, papá».

De regreso al transbordador, te detuviste en una joyería y, con ese dinero, compraste unos aretes. Me llevó un año entero darme cuenta de que no eran para alguna chica que estuvieras tratando de conquistar. Eran para tu mamá.

Jamás volviste a jugar póker.

FALLÉ CONTIGO. TRATÉ DE HACERTE DURO. TERMINASTE siendo bondadoso.

Anoche en el hospital, ya muy tarde, la mujer de la carpeta llegó caminando por el pasillo. Se detuvo cuando nuestras miradas se encontraron. Comprendí que venía por mí. Pero no corrí. Recordé todas las veces que la había visto. Cuando se llevó a mi hermano. Cuando se llevó a mi mejor amigo. Cuando se llevó a mis padres. Pero ya no iba a estar asustado, al menos mantendría esa fortaleza hasta el último instante.

—Sé quién eres —dije, sin que me temblara la voz—. Eres la muerte.

La mujer frunció el ceño y pareció estar muy, muy ofendida.

—Yo no soy la muerte —murmuró ella—. Yo NO SOY mi trabajo.

Eso me dejó sin aliento. Lo admito. No es lo que uno espera oír en una situación así.

LAS CEJAS DE LA MUJER DESCENDIERON CUANDO REPITIÓ:

—Yo no soy la muerte. Solo me encargo de recoger y entregar.

—Yo… —empecé a decir, pero me interrumpió.

—Eres tan egocéntrico que crees que te he perseguido toda tu vida. Pero he estado cuidándote. De entre todos los idiotas que podría haber escogido como mi favorito… —dijo, al tiempo que se masajeaba las sienes.

—¿Fa… favorito? —tartamudeé.

Extendió el brazo y tocó mi hombro. Sus dedos se sentían fríos, bajaron hasta el bolsillo de mi camisa y tomaron un cigarro. Lo encendió, sujetó firmemente su carpeta. Tal vez solo era el humo, pero una lágrima solitaria corrió a lo largo de su mejilla cuando susurró:

—Tener un favorito va contra las reglas. Tenerlo nos hace peligrosos. Pero a veces… a veces nosotros también tenemos días malos en el trabajo. Cuando vine a recoger a tu hermano, gritaste muy fuerte, y yo me volví y por casualidad te miré a los ojos. Se supone que no debemos hacer eso.

La voz se me quebró cuando pregunté:

—¿Tú sabías…? Todo en lo que me he convertido, todo lo que he logrado… ¿tú lo sabías? ¿Por eso te llevaste a mi hermano y no a mí?

Ella dijo que no con la cabeza.

—No funciona así. No conocemos el futuro, solamente hacemos nuestro trabajo. Pero cometí un error contigo. Te miré a los ojos y… me dolió. Se supone que no debemos permitirnos sufrir.

—¿Yo maté a mi hermano? —pregunté entre gimoteos.

—No —dijo ella.

Sollocé con desesperación.

—Entonces, ¿por qué te lo llevaste? ¿Por qué te llevas a todos los que amo?

Con cuidado, la mujer posó su mano en mi cabello. Susurró:

—Nosotros no decidimos quién se va y quién se queda. Por eso, sufrir va contra las reglas.

Cuando el doctor me dio el diagnóstico, no viví ningún despertar, solo hice un balance de mis cuentas. Todo lo que había construido, las huellas que había dejado tras de mí. Cada vez que la gente débil ve a personas como yo, dice: «Es rico, sí, pero ¿es FELIZ?». Como si la felicidad midiera algo. La felicidad es un sentimiento para los niños y los animales, no tiene ninguna función biológica. Las personas felices no crean nada, en su mundo no hay ni arte ni música ni rascacielos, no hay ni descubrimientos ni innovaciones. Todos los líderes y todos tus héroes han estado obsesionados. Las personas felices no se obsesionan, no dedican sus vidas a curar enfermedades o a hacer que los aviones despeguen. La gente feliz no deja nada cuando se va. Viven por vivir, están en la Tierra simplemente como consumidores. Yo no.

PERO ALGO SUCEDIÓ. LA MAÑANA SIGUIENTE AL DIAGNÓSTICO, caminaba por la playa junto al pueblo pesquero de

Råå, y vi dos perros correr hacia el mar y ponerse a jugar entre las olas. Y me pregunté: ¿alguna vez has sido tan feliz como ellos? ¿Tú podrías ser así de feliz? ¿Valdría la pena?

La mujer apartó su mano de mi cabello. Casi parecía avergonzada.

—Se supone que no debemos sentir cosas. Pero yo no soy… solo mi trabajo. También tengo… aficiones. Me gusta tejer.

Señaló su suéter gris. Traté de asentir con admiración, porque me pareció que era lo que la mujer esperaba. Ella me devolvió el ademán con humo en los ojos. Tomé el respiro más profundo de toda mi vida.

—Sé que estás aquí para recogerme ahora. Y estoy preparado para morir —logré decir. Como si fuera una plegaria.

Entonces ella dijo la única cosa que temía aún más:

—No he venido por ti. No todavía. Mañana te enterarás de que estás sano. Todavía vivirás por muchos años, tendrás tiempo de lograr lo que quieras.

Me estremecí. Me abracé a mí mismo como si fuera un niño.

—Entonces, ¿qué haces aquí? —dije sollozando.

—Mi trabajo.

Me dio unas palmaditas suaves en la mejilla. Luego se fue caminando por el pasillo, se detuvo y abrió su carpeta. Despacio, sacó un lápiz negro y tachó un nombre. Entonces abrió la puerta de la habitación de la niña.

Antier escuché a la niña y a su mamá discutir. La niña quería hacer un dinosaurio con un envase de leche de cartón, pero no había tiempo. La niña se enfadó, la mamá lloró. Entonces la niña se contuvo, las comisuras de sus labios brincaron por encima de la desesperación que abandonaba su mirada, como si se tratara de una cuerda de saltar; tomó de la mano a su mamá y dijo:

—Okey, está bien. Pero ¿y si jugamos a algo?

Las dos tenían un juego en el que fingían hablar por teléfono. La mamá le contó que había sido capturada por piratas, que estaba en su isla secreta y tenía que ayudar a los piratas a construir un barco pirata volador; y, a cambio, ellos la llevarían en su barco de vuelta a casa. La niña se echó a reír y obligó a su mamá a prometer que ¡entonces harían un dinosaurio con el envase de leche! Luego, la niña le contó que estaba en una nave espacial con unos «extratierrestres».

—Extraterrestres —la corrigió su mamá.

—Extratierrestres —corrigió, a su vez, la niña—. Tienen

unas máquinas misteriosas con botones grandes y clavan manqueritas en mis brazos y tienen máscaras sobre sus caras y unos uniformes que hacen ruido cuando se rozan y solo puedes ver sus cabezas. Y me dicen quedito «Tranquila, tranquila, tranquila», y entonces cuentan del diez para abajo. Y cuando llegan al uno te quedas dormida. ¡Aunque trates de mantenerte despierta!

La niña se quedó callada, pues, para entonces, su mamá lloraba aunque solo se tratara de un juego. Así que la niña susurró:

—Los extratierrestres van a salvarme, mamá. Son geniales.

La mamá intentó no besarla un millón de veces. Las enfermeras vinieron y subieron a la niña a la camilla rodante para llevarla a la sala de operaciones.

Pasaron junto a unas máquinas misteriosas con botones grandes. La niña tenía manqueritas clavadas en sus brazos y los extratierrestres llevaban uniformes que hacían ruido cuando se rozaban y máscaras sobre sus caras, y cuando se inclinaban sobre el borde de la camilla la niña solo podía ver sus cabezas. Ellos le dijeron quedito «Tranquila, tranquila, tranquila», y entonces contaron del diez para abajo. Y cuando llegaron al uno la niña se quedó dormida. Aunque trató de mantenerse despierta.

Es jodidamente terrible tener que reconocer ante ti mismo que no eres la clase de persona que siempre creíste ser. Todos ustedes que son gente normal habrían tratado de salvar a la niña si hubieran podido hacerlo, ¿no es verdad? Desde luego que lo habrían intentado. Así pues, cuando la mujer del suéter gris abrió la puerta de la habitación de la niña, una parte de mí se hizo trizas, pues resultó que yo era más normal de lo que creía. Empujé a la mujer, agarré la carpeta y entonces corrí. Como si yo fuera uno de ustedes.

MI AUTO SE ENCONTRABA ESTACIONADO AFUERA DEL HOSPItal, las luces de los frenos nunca se encendieron. Las llantas arañaron la nieve mezclada con tierra, luchando por agarrarse al suelo. Conduje por la avenida Bergaliden rumbo a la ciudad, y luego tomé la calle Strandvägen hacia el norte, bordeando el mar. El tramo más hermoso del mundo. Retumbé entre los árboles junto al Castillo de Sofiero, yendo hacia las casas adosadas del pueblo de Laröd, y no bajé la velocidad sino hasta que llegué a la carretera provincial 111. Ahí, en la vía de acceso al camino principal, me detuve y apagué los faros. Cuando el camión se aproximaba, manejé directo hacia él. No recuerdo el choque, solo el dolor en mis oídos y la luz que me inundó mientras las láminas de metal se arrugaban como papel de aluminio. Y la sangre, por todos lados.

La mujer nos sacó a rastras a mí y a su carpeta de entre los restos de mi auto. Cuando grité «¡Puedo darte alguien más a quien matar!», se dio cuenta de que me refería a mí mismo. Pero no importaba. Ella no podía tomar una muerte por otra muerte. Solo una vida por otra vida.

Yo yacía en el suelo, con todos los vientos de Helsingborg soplando por debajo de mi ropa, y ella me explicó con paciencia: «No basta con que tú mueras. Para hacerle espacio a la vida entera de la niña, otra vida tiene que dejar de existir. Tengo que borrar su contenido. Así que, si das tu vida, esa vida desaparecerá. No vas a morir, nunca habrás existido. Nadie va a recordarte. Nunca estuviste aquí».

Una vida por otra vida. Eso es lo que esto significa.

POR ESO LA MUJER DEL SUÉTER GRIS ME TRAJO CONTIGO. Tenía que mostrarme a lo que estaba renunciando.

Hace una hora, de pie en la plaza del puerto, te vi a través de la ventana mientras limpiabas la barra. «Uno jamás recupera la atención de sus hijos», dijo tu mamá alguna vez. «La época en la que te escuchan no solo para ser amables… esa época pasa, es lo primero que pierdes».

La mujer del suéter gris estaba junto a mí y te señaló.

—Si das tu vida por esa niña del hospital, entonces tú jamás le habrás pertenecido a él.

Mis ojos parpadearon, sin ritmo alguno.

—Si yo muero…

—No vas a morir —me corrigió ella—. Serás borrado.

—Pero… si yo no… si yo nunca…

La mujer movió la cabeza un tanto cansada, porque yo seguía sin comprender.

—Tu hijo seguirá existiendo. Pero tendrá un padre distinto. Todo lo que vas a dejar atrás persistirá, pero habrá sido construido por otra persona. Tus huellas se desvanecerán, jamás habrás existido. Ustedes los humanos siempre creen que están preparados para dar su vida, pero solo hasta que entienden de verdad lo que eso implica. Ustedes están obsesionados con su legado, ¿no es cierto? No pueden soportar morirse y ser olvidados.

Le respondí hasta después de un buen rato. Medité si tú lo habrías hecho, dar tu vida por alguien más. Probablemente sí. Porque eres el hijo de tu madre, y ella ya ha dado una vida. La que podría haber vivido si no hubiera vivido para ti y para mí.

Me volví hacia la mujer.

—Desde que enfermé he estado aquí cada noche, mirándolo.

Ella asintió.

—Lo sé.

Yo sabía que ella lo sabía. A estas alturas, al menos había comprendido eso.

—Todas las noches he estado reflexionando sobre si es posible cambiar a una persona.

—¿A qué conclusión llegaste?

—Que somos lo que somos.

Entonces, de repente, ella empezó a caminar directo hacia ti. Entré en pánico.

—¿A dónde vas? —grité.

—Tengo que estar segura de que tú estás seguro —respondió; cruzó el estacionamiento y tocó a la puerta del bar Vinyl.

Corrí tras ella y le dije entre dientes:

—¿Él puede vernos?

No sé qué me había imaginado. La mujer se volvió hacia mí, alzó una ceja con desdén y respondió:

—No soy un maldito fantasma, ¡claro que puede vernos!

CUANDO ABRISTE LA PUERTA, ELLA MURMURÓ «NECESITO una cerveza», sin percatarse de que habías empezado a explicarle con paciencia, tal como tu mamá habría hecho, que por desgracia el bar ya había cerrado. Entonces me viste. Creo que nuestros mundos, el tuyo y el mío, probablemente se detuvieron justo en ese momento.

No dijiste nada sobre mi traje desgarrado o la sangre en mi rostro, ya me habías visto antes en peores condiciones. La mujer del suéter gris comió *smørrebrød* y bebió tres cervezas seguidas, pero yo pedí un café. Vi lo feliz que te hizo ese detalle. Hablamos muy poco, pues había demasiadas cosas que quería decirte. En esos momentos siempre nos quedamos callados. Limpiaste la barra, ordenaste los vasos y pensé en el amor que hay en tus manos. Siempre tocabas las cosas que te gustan como si tuvieran un pulso. Ese bar te importaba, adorabas esta ciudad. La gente y los edificios y la noche cuando se aproximaba al pasar sobre el estrecho de Öresund. Hasta los ventarrones y el equipo de futbol, que no tenía remedio. Esta siempre ha sido tu ciudad de una forma que nunca lo fue para mí; nunca trataste de encontrar una vida, estuviste en el lugar indicado desde un inicio.

Le conté a la mujer del suéter gris lo que me habías contado. Que habían mudado el edificio Tivoli entero al otro lado de la plaza. Los papás hacen eso. Frente a sus hijos, le cuentan a un tercero las historias que sus propios hijos les narraron, en lugar de dejar que ellos mismos lo hagan. La mujer me miró mientras parpadeaba con demasiada rapidez.

—¿No te importa? —le pregunté.

—De verdad, de verdad, de verdad que no —respondió.

Y, entonces, te echaste a reír. A carcajadas. Sonaron como un canto en mi interior.

Te hice preguntas, me respondiste. Me contaste que ustedes habían diseñado todo en el bar con un amoroso respeto por la historia del edificio. Y se notaba. Debí habértelo dicho. No por ti, pues de todos modos no vas a recordar nada de esto, sino por mí. Debí haberte dicho que me sentía orgulloso.

Recogiste la vajilla y los cubiertos para fregarlos, y yo te seguí con torpeza mientras sujetaba mi taza de café. Te volviste para tomarla, y por un breve instante, nuestras manos quedaron una encima de la otra. Sentí el latido de tu corazón, justo en las puntas de tus dedos.

Le echaste un vistazo a la mujer en la barra, que leía el menú de cocteles y se detuvo en una bebida de «ginebra, lima, pastís y triple seco». Se llamaba «Resucitador de cadáveres no. 3». Ella se rio, tú también te reíste, aunque el nombre les parecía gracioso por razones del todo diferentes.

—Me da gusto que hayas encontrado a alguien de... tú sabes... de tu propia edad —me dijiste en voz baja.

No supe qué responder. Así que no lo hice. Sonreíste y me besaste en la mejilla.

—Feliz Navidad, papá.

Mi corazón cayó al suelo y tú atravesaste la puerta que daba a la cocina. No fui capaz de permitir que regresaras. Un segundo siempre será un segundo, es definitivamente la única cosa de valor en la Tierra. La gente negocia todo el tiempo. Todos los días, tú pactas el trato de tu vida. Y este era el mío.

LA MUJER TERMINÓ SU ÚLTIMA CERVEZA. TOMÓ LA CARPETA de la barra. Salimos a la zona de las mesas al aire libre. En Helsingborg hay una fuerte competencia por la vista más hermosa, pero ese lugar en particular es muy tranquilo y seguro de sí mismo. No necesita pavonearse, sabe de su propia belleza. Las olas que llegan, los transbordadores anclados en el puerto, Dinamarca que espera al otro lado del agua.

—¿Cómo lo hacemos? —pregunté.

—Saltamos hacia adentro —respondió la mujer.

—¿Duele? —pregunté.

Ella asintió con tristeza.

—Tengo miedo —reconocí, pero ella negó con la cabeza.

—No tienes miedo. Solo estás de luto. Nadie les dice a ustedes los humanos que su duelo se siente como el miedo.

—¿Por qué estamos de luto?

—Por el tiempo.

Asentí hacia las ventanas del bar y susurré:

—¿Él recordará algo?

La mujer dijo que no con la cabeza.

—A veces, por un instante, sentirá que falta algo. Pero… entonces…

Ella chasqueó los dedos.

—¿Y la niña?

—Vivirá su vida.

—¿Cuidarás de ellos?

La mujer asintió despacio.

—De todos modos, nunca me han gustado las reglas.

Abotoné mi chaqueta. El viento soplaba en diagonal desde abajo.

—¿Hace frío… allá donde vamos? —pregunté.

La mujer no me respondió. Solamente me entregó un par de guantes tejidos. Eran grises, pero un hilo delgado de color rojo colgaba de uno de ellos. Sacó unas tijeras pequeñas de uno de sus bolsillos y cortó el hilo con cuidado. Entonces sostuvo mis manos cuando saltamos hacia adentro. Nunca leerás esto. Nunca te sentaste a esperarme en los escalones afuera de la casa de tu mamá. Nunca desperdicié tu tiempo.

Y MIENTRAS LA MUJER DE LA CARPETA Y YO SALTÁBAMOS hacia adentro, por un solo instante vi a Helsingborg como tú siempre la habías visto. Como la silueta de algo que reconoces. Un hogar. Fue nuestra ciudad entonces, por fin, tuya y mía.

Y ESO ERA SUFICIENTEMENTE BUENO.

DENTRO DE POCO TE DESPERTARÁS. ES LA MAÑANA DE LA víspera de Navidad. Y yo te amé.

Y cada mañana el camino a casa se vuelve más y más largo

Para aquellos que se acuerdan de alguien que ya no puede recordar.

Querido lector:

Cierta vez, uno de mis ídolos dijo: «Lo peor de hacerse viejo es que ya no se me ocurren ideas». La verdad es que esas palabras nunca se apartaron de mi mente desde que las escuché por primera vez, porque ese sería mi temor más grande: que la imaginación se rinda antes que el cuerpo. Creo que no soy el único que se siente así. Los humanos somos una especie rara, por la forma en que nuestro miedo a envejecer parece aún más grande que nuestro miedo a morir.

Esta es una historia acerca de los recuerdos y de cómo dejar ir algo o a alguien. Es una carta de amor y una lenta despedida entre un hombre y su nieto, y entre un papá y su muchacho.

Para ser del todo sincero, nunca fue mi intención que leyeras esto. Solo lo escribí porque trataba de procesar mis propios pensamientos, y yo soy la clase de persona que necesita ver lo que está pensando plasmado en un papel para hallarle sentido. No obstante, se convirtió en un pequeño relato sobre cómo estoy lidiando con la pérdida paulatina de las mentes más brillantes que conozco, acerca de extrañar a alguien que todavía está aquí y de cómo quería explicarles todo esto a mis hijos. Ahora dejo ese relato en libertad, por si sirve de algo.

Trata del miedo y el amor, y de cómo parecen ir de la mano la mayor parte del tiempo. Más que nada, trata del tiempo. Mientras todavía nos quede algo de él. Gracias por regalarle el tuyo a esta historia.

Fredrik Backman

En la habitación de un hospital, al final de una vida, alguien ha montado una tienda de campaña verde justo en medio del piso. Alguien despierta dentro de la tienda, atemorizado y sin aliento, sin saber dónde está. A su lado, un hombre joven le susurra:

—No tengas miedo.

«¿NO ES ESTA LA MEJOR ÉPOCA EN LA VIDA, CUANDO UN chico es justo lo bastante grande para entender cómo funciona el mundo, pero aún es lo bastante pequeño para negarse a aceptarlo?», piensa un hombre de edad avanzada cuando mira a su nieto. Los pies de Noah no alcanzan el suelo cuando deja que sus piernas se balanceen al borde de la banca, pero su cabeza llega hasta el cielo, porque no ha vivido el tiempo suficiente para dejar que alguien mantenga sus pensamientos en la Tierra. Su abuelo está sentado junto a él, y es muy, pero muy viejo, como es natural; tan viejo ahora que la gente ha desistido y ya no le insiste con que empiece a comportarse como un adulto. Tan viejo que es demasiado tarde para que crezca. Esta etapa de la vida tampoco está tan mal.

La banca está en una plaza. Noah, que acaba de despertarse, parpadea con pesadez hacia el sol que empieza a asomarse a lo lejos. No quiere reconocer ante su abuelo que no sabe en dónde están, pues este siempre ha sido su juego: Noah cierra los ojos y su abuelo lo lleva a algún lugar donde nunca habían estado. A veces, el chico tiene que cerrar los ojos con mucha, mucha fuerza, mientras él y su abuelo cambian de autobús cuatro veces dentro de los límites de la ciudad, y, a veces, su abuelo tan solo lo lleva al bosque detrás de la casa, junto al lago. En ocasiones se marchan a navegar en el bote, a menudo por tanto tiempo que Noah se queda dormido y, cuando han llegado lo suficientemente lejos, su abuelo le susurra «Abre los ojos» y le da un mapa, una brújula y la tarea de descifrar cómo van a volver. El abuelo sabe que Noah siempre logrará deducirlo, pues hay dos cosas en esta vida en las que el abuelo tiene una confianza inquebrantable: las matemáticas y su nieto. Cuando el abuelo era joven, un grupo de hombres y mujeres calculó cómo podía enviar a tres personas a la Luna, y las matemáticas llevaron a esas personas hasta allá y las trajeron de regreso.

Pero este lugar no tiene coordenadas, no hay camino alguno que salga de él, ningún mapa conduce hasta aquí.

Noah recuerda que hoy su abuelo le pidió que cerrara los ojos. Recuerda que ambos salieron a hurtadillas de la casa del abuelo, y sabe que su abuelo se lo llevó al lago, pues el chico conoce todos los sonidos y todos los cantos del agua, tenga o no los ojos abiertos. Recuerda la madera mojada bajo sus pies cuando subieron al bote, pero no recuerda nada más después de esto. No sabe cómo su abuelo y él terminaron aquí, en la banca de una plaza redonda. El lugar es extraño, pero todo aquí le resulta familiar, es como si alguien hubiera robado las cosas con las que creciste y las hubiera colocado en la casa equivocada.

A cierta distancia se halla un escritorio, justo como el que está en la oficina de su abuelo, y encima de él hay una calculadora de bolsillo y papel para notas cuadriculado. Su abuelo silba por lo bajo una melodía triste y hace una pequeña pausa para susurrar:

—Anoche la plaza se hizo más pequeña de nuevo.

Entonces, empieza a silbar otra vez. Cuando el chico lo mira con expresión interrogante, el abuelo parece sorprendido, consciente hasta ese momento de que ha pensado en voz alta.

—Discúlpame, Noahnoah, se me olvidó que los pensamientos no son silenciosos en este lugar.

El abuelo siempre lo llama «Noahnoah», pues el nombre de su nieto le gusta dos veces más que el del resto de las personas. Pone su mano sobre el cabello del chico sin despeinarlo, solo deja que sus dedos reposen ahí.

—No hay nada que temer, Noahnoah.

Debajo de la banca hay jacintos floreciendo, un millón de bracitos color lila que se extienden por encima de los tallos para abrazar los rayos del sol. El chico reconoce las flores, son de su abuela, despiden un aroma a Navidad. Quizás para otros niños este aroma sea el de las galletas de jengibre y el ponche invernal, pero, si alguna vez tuviste una abuela que amaba las cosas que crecen, entonces la Navidad siempre olerá a jacintos. Entre las flores resplandecen destellos provenientes de pedazos de vidrio y llaves, como si alguien las hubiera estado guardando en un frasco enorme que, en un tropiezo, se le cayó de las manos.

—¿Para qué son todas esas llaves? —pregunta el chico.

—¿Cuáles llaves? —pregunta, a su vez, el abuelo.

En ese momento, la mirada del viejo luce extrañamente vacía; frustrado, se da golpecitos en las sienes. El chico abre la boca para decir algo, pero se contiene cuando lo ve. En lugar de hablar, permanece sentado en silencio y hace lo que su abuelo le enseñó que tenía que hacer en caso de extraviarse: observa su entorno, busca puntos de referencia y pistas. La banca está rodeada de árboles, porque su abuelo ama los árboles, porque a los árboles no les importa un bledo lo que piense la gente. Siluetas de pájaros que estaban posadas en ellos alzan el vuelo, se extienden por el firmamento, reposan confiadas sobre las corrientes de aire. Un dragón verde y somnoliento cruza la plaza, un pingüino con pequeñas huellas de manos color chocolate sobre su vientre yace dormido en un rincón. Junto a él está un tierno búho con un solo ojo.

Noah también los reconoce, solían ser suyos. Su abuelo le regaló el dragón cuando apenas era un recién nacido, pues su abuela dijo que no era común regalarles dragones de peluche a los niños recién nacidos, y el abuelo contestó que no quería tener un nieto común.

Hay personas paseando por la plaza, pero se ven borrosas; cuando el chico intenta enfocarlas, se escapan de su mirada como la luz a través de unas persianas. Una de esas personas se detiene y saluda a su abuelo haciendo señas con la mano. Su abuelo le devuelve el saludo, intenta verse seguro de sí mismo.

—¿Quién es? —pregunta el chico.

—Es... Yo... No me acuerdo, Noahnoah. Fue hace tanto tiempo... creo...

Se queda callado, titubea, busca algo en sus bolsillos.

—Hoy no me has dado ni un mapa ni una brújula ni nada con lo que pueda hacer cálculos, así no sé cómo voy a encontrar el camino a casa, abuelo —susurra Noah.

—Me temo que todas esas cosas no pueden ayudarnos aquí, Noahnoah.

—¿Dónde estamos, abuelo?

Entonces el abuelo empieza a llorar, en silencio y sin lágrimas, para que su nieto no se dé cuenta.

—Es difícil de explicar, Noahnoah. Es muy, muy difícil de explicar.

La muchacha está de pie frente a él y desprende un aroma a jacintos, como si nunca hubiera estado en ningún otro lugar. Su cabello es viejo, pero el viento que lo sacude es nuevo, y él todavía se acuerda de lo que sintió al enamorarse; este es el último recuerdo que lo traiciona. Amarla significaba no caber en su propio cuerpo. Por eso él bailaba.

—Tuvimos muy poco tiempo —dice él.

Ella niega con la cabeza.

—Tuvimos una eternidad. Hijos y nietos.

—Yo solo te tuve por un instante —dice él.

Ella se ríe.

—Me tuviste toda una vida. Mi vida entera.

—No fue suficiente.

Ella le besa la muñeca, reposa su mentón en los dedos de él.

—No, no lo fue.

Ambos caminan despacio a lo largo de un camino que él cree haber recorrido antes, aunque no se acuerda a dónde lleva. Su mano rodea la de ella, la protege, y vuelven a tener dieciséis años, ningún dedo tiembla, ningún corazón extraña. Su pecho le dice que podría correr hasta alcanzar el horizonte, pero entonces, transcurre exactamente un suspiro y sus pulmones ya no le obedecen. Ella se detiene, armada de paciencia, aguarda bajo el peso de su brazo, y ahora ya es vieja, como el día antes de que lo abandonara.

Él le susurra en los párpados:

—No sé cómo voy a explicárselo a Noah.

—Lo sé —dice ella, con un aliento melódico sobre su cuello.

—Ha crecido tanto... Desearía que pudieras verlo.

—Lo veo, lo veo.

—Te extraño, mi amor.

—Todavía estoy contigo, mi querido belicoso.

—Pero ahora nada más en mis recuerdos. Nada más aquí.

—Eso no importa. Esta siempre fue mi parte favorita de ti.

—Medí la plaza. Anoche se hizo más pequeña de nuevo.

—Lo sé, lo sé.

Entonces ella le limpia la frente con un pañuelo suave, haciendo que pequeños círculos rojos broten en la tela, y le aconseja:

—Debes tener cuidado cuando te subas al bote, estás sangrando.

Él cierra los ojos.

—¿Qué le diré a Noah? ¿Cómo le explico que voy a dejarlo antes de que me muera?

Ella le sostiene la cara y le da un beso.

—Mi querido esposo belicoso, debes explicarle esto a nuestro nieto como siempre le has explicado todo: como si él fuera más inteligente que tú.

Él la estrecha con fuerza. Sabe que pronto caerá la lluvia.

Noah se percata de que su abuelo se avergüenza de haber dicho «Es difícil de explicar», pues su abuelo nunca le dice eso. Todos los adultos lo hacen, el papá de Noah lo hace a diario, pero su abuelo, jamás.

—No quise decir que sería difícil para ti entenderlo, Noahnoah. Me refiero a que es difícil para mí entenderlo —se disculpa el viejo.

—¡Estás sangrando! —exclama el chico.

El abuelo se palpa la frente con las yemas de los dedos. Una solitaria gota de sangre se balancea en el borde de un surco profundo en su piel, justo encima de una ceja; yace ahí, luchando contra la gravedad. Al final cae sobre la camisa del abuelo, y enseguida caen dos gotas más, como cuando los niños saltan al mar desde un muelle, uno de ellos tiene que atreverse primero antes de que los demás lo sigan.

—Mmm… Sí, es cierto, estoy sangrando, debo… haberme caído —reflexiona el abuelo, como si esto también debiera haber sido un pensamiento.

Pero aquí no hay pensamientos silenciosos. El chico abre los ojos como platos.

—Espera un momento, tú... te caíste en el bote. ¡Ya me acordé! ¡Así fue como te pegaste y yo llamé a gritos a papá!

—¿Papá? —repite el viejo.

—Sí, abuelo, no tengas miedo, ¡papá vendrá pronto por nosotros! —promete Noah al tiempo que le da unas palmaditas a su abuelo en el antebrazo para tranquilizarlo, con un grado de experiencia que va más allá del que un chico de su edad debería tener.

Las pupilas de su abuelo se mueven inquietas, así que el chico prosigue resuelto:

—¿Te acuerdas de lo que siempre decías cuando íbamos a la isla a pescar y a montar la tienda de campaña? Decías que no había nada de malo en tener un poco de miedo porque, si te orinas encima, ¡eso mantiene alejados a los osos!

Su abuelo parpadea con fuerza, como si incluso el contorno de Noah se hubiera vuelto borroso; pero, entonces, el viejo asiente varias veces, con una mirada más lúcida en sus ojos.

—¡Sí! Sí, eso decía yo, Noahnoah, ¿verdad? Cuando estábamos pescando... Ah, mi querido Noahnoah, has crecido mucho. Estás enorme. ¿Cómo van las cosas en la escuela?

Noah afianza su voz, intenta engullir los temblores de sus cuerdas vocales al tiempo que su corazón hace sonar la alarma.

—Bien, soy el mejor en la clase de matemáticas. Solo mantén la calma, abuelo, papá vendrá pronto por nosotros.

La mano del abuelo descansa sobre el hombro del chico.

—Muy bien, Noahnoah, eso está muy bien. Las matemáticas siempre te llevarán a casa.

El chico se siente aterrado ahora, pero sabe bien que no debe dejar que su abuelo lo note, así que dice en voz alta:

—¡Tres coma uno cuatro uno!

—Cinco nueve dos —contesta su abuelo de inmediato.

—Seis cinco tres —farfulla el chico.

—Cinco ocho nueve —ríe su abuelo.

Este es otro de los juegos favoritos del abuelo, recitar de un tirón los decimales de pi, la constante matemática que es la clave para calcular el tamaño de un círculo. El abuelo ama la magia que hay en ello, esas claves en forma de cifras que desentrañan secretos, que nos abren el universo entero. El viejo se sabe de memoria más de doscientos decimales, el récord del chico es la mitad. Su abuelo siempre dice que los años les permitirán encontrarse a medio camino, cuando los pensamientos del chico se expandan y los del abuelo se contraigan.

—Siete —dice el chico.

—Nueve —susurra el abuelo.

El chico estruja la mano rugosa de su abuelo, y entonces el abuelo nota que el chico tiene miedo, así que le dice:

—¿Ya te conté de cuando fui con el doctor, Noahnoah? Le dije: «¡Doctor, doctor, me fracturé el brazo en dos lugares!», y el doctor me contestó: «¡Entonces le aconsejo que deje de ir a esos lugares!».

El chico parpadea, todo se vuelve cada vez más borroso.

—Ya me lo habías contado antes, abuelo. Es tu chiste favorito.

—Oh… —susurra su abuelo, avergonzado.

La plaza es un círculo perfecto. Un ventarrón riñe con las copas de los árboles, las hojas se mueven en cien dialectos distintos de verde, al abuelo siempre le ha encantado esta época del año. Tibias corrientes de aire se pasean entre los tallos de los jacintos, y pequeñas gotas de sangre se solidifican en la frente del viejo.

Noah sostiene sus dedos y pregunta:

—¿Dónde estamos, abuelo? ¿Por qué mis viejos animales de peluche están en esta plaza? ¿Qué pasó cuando te caíste en el bote?

Entonces las lágrimas del abuelo se escapan de sus pestañas.

—Estamos en mi cerebro, Noahnoah. Y anoche se hizo más pequeño de nuevo.

Ted y su papá están en un jardín que desprende un aroma a jacintos.

—¿Cómo van las cosas en la escuela? —pregunta su papá con seriedad.

Siempre pregunta lo mismo, y Ted nunca puede responder de la forma correcta. Al papá le gustan los números y al muchacho le gustan las letras, son lenguajes diferentes.

—Obtuve la calificación más alta en mi ensayo —dice el muchacho.

—Pero ¿en matemáticas? ¿Cómo te va en matemáticas? ¿Cómo van a llevarte las palabras a casa cuando te pierdas en el bosque? —gruñe el papá.

El muchacho no le contesta, no entiende los números o los números no lo entienden a él. Nunca han tenido esto en común, su papá y él.

El papá, joven todavía, se agacha y empieza a limpiar la maleza de una jardinera. Cuando se incorpora, el lugar está a oscuras, a pesar de que podría jurar que solo ha transcurrido un instante.

—Tres coma uno cuatro uno —murmura, pero la voz ya no suena como la suya.

—¿Papá? —pronuncia la voz del hijo, pero ahora es diferente, más grave.

—¡Tres coma uno cuatro uno! ¡Este es tu juego favorito! —ruge el papá.

—No, no lo es —contesta su hijo con serenidad.

—Era tu... —intenta decir el papá, pero el aire traiciona a las palabras.

—Estás sangrando, papá —dice el muchacho.

El papá parpadea unas cuantas veces mientras lo mira, pero luego mueve la cabeza para tratar de restarle seriedad al asunto y se ríe entre dientes de forma exagerada:

—¡Ah, solo es una raspadura! ¿Ya te conté de la vez que fui a ver al doctor? Le dije: «¡Doctor, doctor, me fracturé el bra...!».

Entonces, se queda callado.

—Estás sangrando, papá —repite el muchacho con paciencia.

—Le dije: «Me fracturé el brazo». No, espera, le dije... No puedo acordarme... Es mi chiste favorito, Ted. Es mi chiste favorito. ¡Deja de jalarme, yo puedo contar mi chiste favorito, con un carajo!

El muchacho lo toma de las manos con mucho, mucho cuidado, pero ahora esas manos son pequeñas. En comparación, las del muchacho son como palas.

—¿De quién son estas manos? —dice el viejo entre jadeos.

—Son mías —responde Ted.

Su papá mueve la cabeza de un lado a otro, la sangre corre por su frente, la ira invade su mirada.

—¿Dónde está mi muchacho? ¿Dónde está mi pequeño? ¡Respóndeme!

—Siéntate un momento, papá —le pide Ted.

Las pupilas del papá cazan el crepúsculo entre las copas de los árboles, el viejo intenta gritar, pero no recuerda cómo hacerlo, su garganta solo le entrega sonidos sibilantes.

—¿Cómo van las cosas en la escuela, Ted? ¿Cómo te va en matemáticas? Las matemáticas siempre te llevarán a casa…

—Tienes que sentarte, papá, estás sangrando —le ruega su hijo.

Cuando el papá acaricia la mejilla de su hijo, puede oírse el roce de su mano contra la barba del muchacho.

—¿Qué fue lo que pasó? —susurra el papá.

—Te caíste en el bote. Te dije que no salieras a navegar en él, papá. Es peligroso, especialmente cuando llev…

El papá abre bien los ojos e interrumpe a su hijo, lleno de alegría:

—¿Ted? ¿Eres tú? ¡Cómo has cambiado! ¿Cómo van las cosas en la escuela?

Ted respira con lentitud, habla con claridad.

—Ya no voy a la escuela, papá. Ya soy un adulto.

—¿Cómo te fue con tu ensayo?

—Siéntate ya, papá, por favor. Siéntate.

—Pareces asustado, Ted. ¿Por qué estás asustado?

—No pasa nada, papá. Solo me… Yo… No puedes salir a navegar en el bote. Te lo he dicho mil veces...

Ya no están en el jardín, se encuentran de pie en una habitación de paredes blancas, en la que no flota ningún olor. El papá posa su mano en la mejilla barbuda.

—No tengas miedo, Ted. ¿Te acuerdas de cuando te enseñé a pescar? ¿De cuando pasamos la noche en la tienda de campaña allá en la isla, y entonces tuviste una pesadilla y te orinaste dentro de tu saco de dormir, y por eso te quedaste en el mío? ¿Te acuerdas de lo que te dije en ese entonces? Te dije que está bien orinarse encima, porque eso mantiene alejados a los osos. No hay nada de malo en tener un poco de miedo.

Cuando el papá se sienta, aterriza en una cama suave, recién preparada por alguien que no va a dormir en ella. Esta no es la habitación del papá. Ted está sentado junto a él y el viejo esconde su nariz en el cabello de su hijo.

—¿Lo recuerdas, Ted? ¿La tienda de campaña en la isla?

—No estuviste conmigo en la tienda de campaña, papá. Estuviste con Noah —susurra el hijo.

Su papá alza la cabeza y lo mira fijamente.

—¿Quién es Noah?

Ted le acaricia la mejilla con ternura.

—Noah, papá. Mi hijo. Estuviste en la tienda de campaña con Noah. A mí no me gusta pescar.

—¡Claro que sí! ¡Yo te enseñe! Yo te enseñé… ¿o no?

—Nunca tuviste tiempo de enseñarme, papá. Siempre estabas trabajando. Pero le enseñaste a Noah, le has enseñado todo. Es él quien ama las matemáticas, igual que tú.

Los dedos del papá tientan la cama por todas partes; está buscando algo en sus bolsillos, cada vez con más frenesí. Cuando el viejo ve que su muchacho tiene lágrimas en los ojos, su propia mirada huye hacia los rincones de la habitación; aprieta los puños para que sus manos dejen de temblar, hasta que los nudillos palidecen, y murmura enfadado:

—¿Y la escuela, Ted? ¡Cuéntame cómo van las cosas en la escuela!

UN CHICO Y SU ABUELO ESTÁN SENTADOS EN UNA BANCA, EN el cerebro del abuelo.

—Es un cerebro estupendo, abuelo —afirma Noah en tono alentador, pues la abuela siempre decía que, cuando el abuelo se queda callado, solo necesitas hacerle un cumplido para ponerlo en marcha de nuevo.

—Es muy amable de tu parte decir eso —sonríe el abuelo, y se seca los ojos con el dorso de la mano.

—Aunque un poquito desordenado —dice el chico con una sonrisa socarrona.

—Cuando tu abuela falleció, llovió durante mucho tiempo en este lugar. Después del diluvio, nunca volví a ponerlo en orden del todo.

Noah se da cuenta de que el suelo debajo de la banca se ha vuelto fangoso, pero las llaves y los pedazos de vidrio siguen ahí. Más allá de la plaza se encuentra el lago, pequeñas olas se desplazan en la superficie, recuerdos de botes que ya pasaron por ahí. Noah casi puede divisar a la distancia la tienda de campaña verde sobre la isla; recuerda la niebla que, como sábana fresca, abrazaba con suavidad los árboles al amanecer cuando se despertaban. Cada vez que Noah tenía miedo de dormir, su abuelo sacaba un cordón, amarraba un extremo en su propio brazo y el otro en el brazo del chico, y prometía que, si Noah tenía pesadillas, solo necesitaba tirar de la cuerda, y entonces su abuelo se despertaría y de inmediato lo jalaría de vuelta a terreno seguro. Como un bote en un muelle. En cada ocasión, el abuelo cumplió su promesa.

Las piernas de Noah se balancean sobre el borde de la banca; el dragón se ha quedado dormido en medio de la plaza, junto a una fuente. Allá en el horizonte, en la orilla opuesta del lago, se encuentra un pequeño conjunto de edificios altos, en medio de las ruinas de otros edificios que parecen haberse derrumbado hace poco. Las últimas construcciones que todavía permanecen en pie están cubiertas de luces de neón intermitentes, colocadas aquí y allá a lo largo y ancho de sus fachadas, como si las hubiera sujetado con cinta adhesiva alguien que, o tenía mucha prisa, o tenía unas ganas urgentes de ir al baño. Noah se da cuenta de que las luces parpadean a través de la niebla siguiendo un patrón, formando letras. «¡Importante!», centellea uno de los edificios. «¡Acuérdate!», dice otro. Pero en el edificio más alto de todos, el más cercano a la orilla del lago, las luces deletrean «Imágenes de Noah».

—¿Qué son esos edificios, abuelo?

—Son archivos. Ahí es donde se guarda todo. Todas las cosas más importantes.

—¿Cómo qué?

—Todo lo que hemos hecho. Todas las fotos y todos los videos y todos tus regalos más inútiles.

El abuelo se echa a reír y Noah también. Siempre se dan regalos inútiles el uno al otro. En la Navidad pasada, el abuelo le dio a Noah una bolsa de plástico llena de aire, y Noah le dio a su abuelo una sandalia. Cuando el abuelo cumplió años, Noah le obsequió un trozo de chocolate que él ya se había comido. Este fue el regalo inútil favorito de su abuelo.

—Es un edificio enorme.

—Era un enorme trozo de chocolate.

—¿Por qué me estás agarrando la mano tan fuerte, abuelo?

—Perdóname, Noahnoah, lo siento.

El piso alrededor de la fuente de la plaza está recubierto con losas duras. Alguien ha escrito en ellas cálculos avanzados de matemáticas con tiza blanca, pero hay personas borrosas que caminan por encima de las losas a toda prisa y de un lado a otro, y las suelas de sus zapatos van desvaneciendo las cifras una por una, hasta que solo quedan líneas dispersas, grabadas con profundidad en las piedras. Fósiles de ecuaciones.

El dragón estornuda en su sueño; con ese resoplido, sus fosas nasales envían a volar por toda la plaza un millón de trozos de papel con mensajes escritos a mano. Cien duendes de un libro de cuentos que la abuela le leía a Noah bailan alrededor de la fuente e intentan atrapar esas notas.

—¿Qué está escrito en esos pedacitos de papel? —pregunta el chico.

—Son todas mis ideas —responde su abuelo.

—Se van volando.

—Han estado haciendo eso por mucho tiempo.

El chico asiente y envuelve los dedos de su abuelo firmemente con los suyos.

—¿Tu cerebro está enfermo?

—¿Quién te dijo eso?

—Mi papá.

El abuelo suspira. Asiente con la cabeza.

—Realmente no lo sabemos. Sabemos muy poco sobre cómo funciona el cerebro. Justo ahora es como una estrella que se va apagando... ¿Te acuerdas de lo que te enseñé sobre eso?

—Cuando una estrella se apaga pasa mucho tiempo antes de que nos demos cuenta, tanto como lo que tarda la última luz de esa estrella en llegar hasta la Tierra.

La barbilla del abuelo se estremece. A menudo, él le recuerda a Noah que el universo tiene más de trece mil millones de años. «Y aun así, te urge tanto observarlo que nunca tienes tiempo de lavar los platos», decía siempre la abuela, entre dientes. A veces, ella le susurraba a Noah: «Aquellos que se apresuran a vivir tienen prisa por extrañar», aunque Noah no entendió a qué se refería su abuela sino hasta que la enterraron. Su abuelo junta las manos para que dejen de temblarle.

—Cuando un cerebro se apaga, pasa mucho tiempo antes de que el cuerpo se dé cuenta. El cuerpo humano tiene una ética de trabajo fenomenal, es una obra maestra de las matemáticas, seguirá trabajando hasta que emita su última luz. Nuestro cerebro es la ecuación más infinita de todas y, cuando la humanidad la resuelva, eso será más formidable que las veces que fuimos a la luna. El universo no guarda un misterio más grande que el ser humano. ¿Te acuerdas de lo que te dije acerca del fracaso?

—Solo has fracasado si no lo intentaste una vez más.

—Precisamente, Noahnoah, precisamente. Es imposible que una gran idea se mantenga atada a la Tierra.

Noah cierra los ojos, detiene las lágrimas y las obliga a refugiarse detrás de sus párpados. En la plaza empieza a nevar, de la misma forma en que los niños muy pequeños lloran: al principio como si apenas hubiera comenzado, pero, en poco tiempo, como si nunca fuera a terminar. Pesados copos blanquecinos cubren todas las ideas del abuelo.

—Cuéntame de la escuela, Noahnoah —dice el viejo.

Él siempre desea saber todo sobre la escuela, pero no como otros adultos, que solo quieren saber si Noah está comportándose como se debe. Su abuelo quiere saber si la escuela está comportándose como se debe. Casi nunca lo hace.

—Nuestra maestra nos obligó a escribir un cuento sobre lo que queremos ser cuando seamos grandes —le dice Noah.

—¿Y qué fue lo que escribiste?

—Escribí que primero quería concentrarme en ser un niño.

—Esa es una respuesta muy buena.

—¿Verdad que sí? Preferiría ser viejo que ser adulto. Todos los adultos están enfadados, solo los niños y los viejos se ríen.

—¿Escribiste eso?

—Sí.

—¿Qué te dijo tu maestra?

—Que yo no había entendido la tarea.

—¿Y tú qué le dijiste?

—Que ella no había entendido mi respuesta.

—Te quiero —logra expresarse el abuelo, con los ojos cerrados.

—Otra vez estás sangrando —avisa Noah, con su mano en el antebrazo de su abuelo.

El viejo se limpia la frente con un pañuelo descolorido. Busca algo en sus bolsillos. Entonces voltea a ver los zapatos del chico y la forma en que oscilan unos veinte centímetros por encima del asfalto, con sombras ingobernables debajo de ellos.

—Cuando tus pies alcancen el suelo yo estaré en el espacio exterior, mi querido Noahnoah.

El chico se concentra en respirar al mismo ritmo que su abuelo. Este es otro de sus juegos.

—¿Estamos aquí para aprender a decir adiós, abuelo? —pregunta finalmente el chico.

El viejo se rasca la barbilla, reflexiona durante mucho tiempo.

—Así es, Noahnoah. Eso me temo.

—Pienso que las despedidas son difíciles —reconoce el chico.

Su abuelo asiente y le acaricia la mejilla con suavidad, a pesar de que las yemas de sus dedos son ásperas como la gamuza seca.

—Heredaste eso de tu abuela.

Noah se acuerda. Cuando su papá lo recogía de la casa de sus abuelos al anochecer, el chico ni siquiera tenía permitido pronunciarle esas palabras a su abuela: «¡No lo vayas a decir, Noah, no te atrevas a decírmelo! Cuando te vas, envejezco. Cada arruga en mi cara es un adiós tuyo», se quejaba ella. Así que, en lugar de pronunciar esas palabras, Noah cantaba para su abuela, y eso la hacía reír. Ella le enseñó a leer y a hacer panes tradicionales de azafrán y a servir café sin que la cafetera chorreara; y cuando las manos de la abuela empezaron a temblarle, el chico decidió, por su propia cuenta, llenar las tazas hasta la mitad para que no derramara la bebida, pues su abuela se avergonzaba cuando tiraba el café, y Noah nunca la dejaba sentirse avergonzada delante de él. «Noah, el cielo nunca será tan grande como mi amor por ti», le decía su abuela con los labios al oído después de leerle cuentos sobre duendes y cuando estaba a punto de quedarse dormido. Ella no era perfecta, pero era de Noah. El chico cantó para su abuela la noche anterior a su fallecimiento. Su cuerpo dejó de funcionar antes que su cerebro. A su abuelo le está sucediendo lo contrario.

—Soy malo para las despedidas —dice el chico.

Los labios del abuelo revelan todos sus dientes cuando sonríe.

—Vamos a tener muchas oportunidades para practicar. Llegarás a ser bueno en ello. Casi todos los adultos van por el mundo llenos de arrepentimiento por un adiós que los hace querer regresar en el tiempo para expresarlo de mejor manera. Nuestro adiós no tiene que ser así, podrás repetirlo una y otra vez hasta que sea perfecto. Y cuando lo sea, tus pies alcanzarán el suelo y yo estaré en el espacio exterior, y no habrá nada que temer.

Noah sostiene la mano del viejo, el hombre que le enseñó a pescar, a no temerle a las grandes ideas y a mirar el cielo nocturno y entender que está hecho de números. Las matemáticas han bendecido al chico en ese sentido, pues ya no le teme a aquello que aterroriza a casi todos los demás: el infinito.

Noah ama el espacio exterior porque nunca se termina. Nunca se muere. Es lo único en su vida que jamás lo abandonará.

El chico balancea las piernas, contempla las relucientes piezas de metal entre las flores.

—Todas las llaves tienen unos números, abuelo.

El abuelo se inclina sobre el borde y observa las llaves con calma.

—En efecto, tienen unos números inscritos.

—¿Por qué?

—No lo recuerdo.

De repente, suena muy asustado. Su cuerpo se siente pesado, su voz es débil, su piel es como la vela de un barco a punto de que el viento la abandone.

—¿Por qué me estás agarrando la mano tan fuerte, abuelo? —susurra el chico de nuevo.

—Porque todo esto está desapareciendo, Noahnoah. Y de entre todas las cosas, tú eres a lo que quiero aferrarme por más tiempo.

El chico asiente. En reciprocidad, sujeta la mano de su abuelo con más fuerza.

Él sujeta la mano de la muchacha con más y más fuerza, hasta que ella le afloja un dedo tras otro con ternura y lo besa en el cuello.

—Me estás apretando como si fuera una cuerda.

—No quiero perderte de nuevo. No podría soportarlo.

Ella se pasea despreocupadamente por el camino junto a él.

—Estoy aquí. Siempre he estado aquí. Ahora cuéntame más sobre Noah, cuéntamelo todo.

El rostro de él se suaviza poco a poco, hasta que sonríe de forma abierta y le responde:

—Ha crecido muchísimo, dentro de poco sus pies alcanzarán el suelo.

—Entonces tendrás que poner más piedras debajo del ancla —dice ella mientras asiente con una sonrisa.

Sus pulmones lo obligan a detenerse y apoyarse contra un árbol. Los nombres de los dos están grabados en la corteza, pero él no recuerda por qué.

—Mis recuerdos están huyendo de mí, mi amor, como

cuando uno trata de separar el agua del aceite. Todo el tiempo leo un libro al que le falta una página, y siempre es la página más importante.

—Lo sé, sé que tienes miedo —responde ella, y le roza la mejilla con sus labios.

—¿A dónde nos lleva este camino?

—A casa —contesta ella.

—¿En dónde estamos?

—En el lugar donde nos conocimos. Por allá está el salón de baile donde me pisaste los dedos de los pies, el café donde por accidente aplasté tu mano con la puerta. Tu dedo meñique todavía está torcido, y acostumbrabas decir que probablemente me casé contigo solo porque me sentía culpable por ello.

—Nunca me importó la razón por la cual dijiste «acepto». Solo me importaba que te habías quedado conmigo.

—Ahí está la iglesia donde te volviste mío. Allá está la casa que se volvió nuestra.

Él cierra los ojos, deja que su nariz lo guíe.

—Tus jacintos. Nunca habían tenido un aroma tan intenso.

Durante más de medio siglo se pertenecieron el uno al otro. Hasta su último día, ella siguió detestando los mismos rasgos de su carácter que había detestado la primera vez que lo vio debajo de ese árbol, y todavía adoraba los demás.

—Cuando me mirabas a los ojos a mis setenta años, caía

enamorada tan perdidamente como cuando tenía dieciséis —dice ella con una sonrisa.

Las yemas de sus dedos tocan la piel de ella por encima de su clavícula.

—Nunca te convertiste en algo ordinario para mí, mi amor. Eras una descarga eléctrica, eras una llama ardiente.

Los dientes de ella le hacen cosquillas en el lóbulo de la oreja cuando le responde:

—Nadie podría pedir más que eso.

Nadie ha reñido alguna vez con él como ella lo hacía. Su primera discusión fue acerca del universo; él le contó cómo había sido creado y ella se negaba a aceptarlo. Él alzó la voz, ella se enfadó, él no podía entender por qué, y ella dijo a gritos: «Estoy molesta porque tú crees que todo sucedió por una casualidad, pero hay miles de millones de personas viviendo en este planeta y yo te encontré a TI, así que, si tú me estás diciendo que bien podría haber encontrado a alguien más, ¡entonces no puedo tolerar tus malditas matemáticas!». Ella apretaba los puños. Él se quedó ahí de pie, mirándola durante unos cuantos minutos. Entonces le dijo que la amaba. Esa fue la primera vez. Nunca dejaron de discutir y nunca durmieron separados. Él dedicó una trayectoria profesional entera al cálculo de probabilidades, y ella era la persona más improbable que jamás hubiera conocido. Ella puso su mundo de cabeza.

Cuando se mudaron a su primera casa, él pasó todos los meses de oscuridad cultivando un jardín tan hermoso que la dejó sin aliento cuando por fin vino la luz. Hizo esto con una obstinación que solo la ciencia puede despertar en un hombre, pues él quería demostrar que las matemáticas podían ser hermosas. Midió todos los ángulos de los rayos del sol, trazó diagramas de los lugares donde los árboles proyectarían sus sombras, llevó estadísticas de las temperaturas de cada día, optimizó la elección de las plantas. «Quería que lo supieras», le dijo cuando ella, descalza sobre el pasto ese junio, se echó a llorar. «¿Que supiera qué?», preguntó. «Que las ecuaciones son magia y que todas las fórmulas son hechizos», respondió él.

Ahora son viejos y están de pie sobre un camino. Las palabras de ella se posan sobre la tela de la camisa de él:

—Y entonces rondabas por ahí cultivando cilantro a escondidas cada primavera, nada más para fastidiarme.

Él alza los brazos tanto como puede, haciéndose el inocente:

—No sé de qué estás hablando. Las cosas se me olvidan, ¿sabes? Ya estoy viejo… ¿Me estás diciendo que no te gusta el cilantro?

—¡Siempre has sabido que lo detesto!

—Debe haber sido Noah. Uno no puede confiar en ese chico —se ríe él.

Ella se para de puntillas, agarra con ambas manos la camisa de su esposo y clava la mirada en él.

—Nunca fuiste una persona fácil de tratar, mi querido quejumbroso malhumorado, nunca fuiste diplomático. Tal vez incluso en ocasiones era fácil detestarte. Pero nadie, absolutamente nadie, se atrevería a decirme que era difícil quererte.

Junto al jardín que desprendía un aroma a jacintos y, a veces, a cilantro, se encontraba un viejo campo de cultivo. Ahí, justo al otro lado del cercado de arbustos, yacía un antiguo barco de pesca averiado que había sido arrastrado a tierra por un vecino muchos años atrás. El abuelo decía todo el tiempo que no podía tener paz y tranquilidad cuando trabajaba en la casa, y la abuela siempre le respondía que ella no podía tener paz y tranquilidad en la casa mientras el abuelo trabajara ahí, así que, cierta mañana, la abuela finalmente salió al jardín, rodeó el cercado de arbustos y empezó a decorar el camarote del barco de pesca para transformarlo en una oficina.

Desde entonces, el abuelo se mantuvo sentado allí muchos años, rodeado de números y cálculos y ecuaciones, era el único lugar en el mundo entero donde todo le resultaba lógico. Los matemáticos necesitan un lugar así. Quizás también los demás.

Un ancla enorme se encontraba apoyada contra uno de los

costados del barco. Cuando Ted era muy pequeño, a veces le preguntaba a su papá cuánto tiempo faltaba para ser más alto que el ancla. El papá ha intentado acordarse de cuándo sucedió ese parteaguas. Ha tratado de recordarlo con tanto empeño que ha hecho temblar la plaza en su mente.

Él aprendió la lección; cuando Noah nació, ya era un hombre diferente. Como abuelo, se convirtió en alguien distinto de lo que había sido como padre. Esto no es exclusivo de los matemáticos. Cierto día, Noah planteó la misma pregunta que Ted había hecho alguna vez, y su abuelo le respondió: «Vas a desear que eso nunca suceda, pues solamente las personas más pequeñas que el ancla pueden jugar en mi oficina cuando quieran». Cuando la cabeza de Noah empezaba a acercarse al extremo superior del ancla, el abuelo colocaba piedras debajo de ella para nunca perder el privilegio de ser molestado.

—Noah se ha vuelto muy inteligente, mi amor.

—Siempre lo ha sido, solo que te tardaste en darte cuenta —dice ella con un resoplido.

La voz de su esposo tropieza en su garganta.

—Mi cerebro se está encogiendo ahora, la plaza va haciéndose más pequeña cada noche.

Ella le acaricia las sienes.

—¿Recuerdas lo que dijiste cuando estábamos recién enamorados? ¿Que dormir era un suplicio?

—Sí. Porque no podíamos compartir nuestro sueño. Cada

mañana, cuando despertaba y abría los ojos, los segundos que tardaba en tomar conciencia de en dónde me encontraba y de que tú estabas a mi lado me parecían insoportables.

Ella le da un beso.

—Sé que cada mañana el camino a casa se vuelve más y más largo. Pero yo te amaba porque tu cerebro, tu mundo, siempre fue más grande que el de todos los demás. Todavía queda mucho de él.

—Te extraño tanto que no puedo soportarlo.

Ella sonríe con sus propias lágrimas sobre el rostro de su esposo.

—Mi querido testarudo… Sé que nunca has creído en la vida después de la muerte. Pero debes de saber que deseo con toda el alma que estés equivocado.

El camino detrás de ella se vuelve borroso, el horizonte sostiene una cortina de lluvia. Él la abraza lo más fuerte que puede. Suspira profundamente.

—Por Dios, cómo vas a discutir conmigo entonces. Si nos encontramos en el cielo.

Alguien dejó un rastrillo de jardín contra una pared. Junto a él yacen tres marcadores de plantas salpicados de tierra húmeda. En el suelo hay un bolso con unas gafas que se asoman de uno de los bolsillos. Un microscopio se quedó olvidado sobre un taburete y un abrigo blanco cuelga de un gancho; debajo de él se alcanza a ver un par de zapatos rojos. El abuelo le propuso matrimonio a su gran amor aquí, junto a la fuente, y todavía quedan cosas de la abuela por doquier.

El chico toca con cuidado la hinchazón en la frente de su abuelo.

—¿Sientes dolor? —pregunta el chico.

—La verdad, no —responde su abuelo.

—Quiero decir por dentro. ¿Sientes dolor por dentro?

—Cada vez menos. Es una ventaja de olvidar las cosas. También te olvidas de las cosas que duelen.

—¿Qué se siente olvidar algo?

—Como si todo el tiempo estuvieras buscando algo en tus bolsillos. Primero pierdes las cosas pequeñas y luego las grandes. Empieza con unas llaves y termina pasando con las personas.

—¿Tienes miedo?

—Un poquito. ¿Y tú?

—Un poquito —admite el chico.

Su abuelo sonríe de manera socarrona.

—Eso mantiene alejados a los osos.

La mejilla de Noah descansa en la clavícula del viejo.

—Cuando olvidaste a una persona, ¿olvidas que has olvidado?

—No, a veces recuerdo que he olvidado. Esa es la peor clase de olvido. Es como quedarte fuera de tu casa durante una tormenta, sin una llave para entrar. En esos casos trato de obligarme a hacer un esfuerzo más grande por recordar, y me esfuerzo tanto que la plaza entera tiembla.

—¿Por eso te cansas tanto?

—Sí, a veces se siente como quedarse dormido en un sofá cuando todavía hay luz del día y despertarse de repente cuando ya oscureció; me lleva algunos segundos ubicarme. Por unos instantes me encuentro en el espacio exterior, y para recordar quién soy y dónde estoy, tengo que parpadear y frotarme los ojos, y dejar que mi cerebro dé unos cuantos pasos más para llegar a casa. Ese es el camino que ahora se vuelve más y más largo cada mañana, el camino a casa desde el espacio exterior. Estoy navegando en un lago enorme y apacible, Noahnoah.

—Qué horrible —dice el chico.

—Sí. Muy, muy, muy horrible. Por alguna razón, los lugares y las direcciones en las que hay que ir parecen ser los primeros en desaparecer. Al principio, olvidas hacia dónde vas; luego, dónde has estado; y, al final, en dónde estás... o... tal vez era al revés... Yo... Mi doctor me dijo algo. Fui con mi doctor y él me dijo algo, o yo le dije algo. Le dije: «Doctor, yo...».

Se golpea en la sien, cada vez con más fuerza. La plaza se mueve.

—No importa —susurra el chico.

—Perdóname, Noahnoah.

El chico acaricia con afecto el brazo de su abuelo y se encoge de hombros.

—No te preocupes. Te voy a regalar un globo, abuelo. Para que puedas tenerlo contigo en el espacio.

—Un globo no va a impedir que yo desaparezca, Noahnoah —suspira el abuelo.

—Lo sé. Pero voy a dártelo en tu cumpleaños. Como un regalo.

—Eso suena inútil —sonríe el abuelo.

El chico asiente con la cabeza.

—Si lo sujetas con la mano, sabrás que, justo antes de viajar al espacio, alguien te regaló un globo. Y ese es el regalo más inútil que uno puede recibir porque no hay absolutamente ningún uso que alguien pueda darle a un globo en el espacio. Y te dará risa.

El abuelo cierra los ojos. Respira en el cabello del chico.

—Es el mejor regalo que he recibido.

El lago resplandece, los pies de ambos se mueven de lado a lado, las perneras de sus pantalones se agitan en el viento. En la banca huele a agua y a sol. No todas las personas saben que el agua y el sol tienen un aroma, pero así es, solo debes alejarte lo suficiente de los demás olores para percibirlo. Necesitas quedarte quieto a bordo de un bote y relajarte a un grado tal que te dé tiempo de acostarte sobre tu espalda y pensar. Los lagos y los pensamientos se parecen en eso, requieren tiempo. El abuelo se inclina hacia Noah y exhala como lo hace la gente al inicio de un largo sueño; uno de los dos crece y el otro se hace más pequeño, los años les permiten encontrarse a medio camino. El chico apunta al otro lado de la plaza, hacia un camino bloqueado por una barrera de contención y una enorme señal de advertencia.

—¿Qué pasó ahí, abuelo?

El abuelo parpadea varias veces, apoya su cabeza contra la clavícula del chico.

—Oh... Ese camino... Creo que está... está cerrado. La lluvia arrasó con él cuando tu abuela falleció. Es demasiado peligroso pensar en él ahora, Noahnoah.

—¿A dónde llevaba?

—Era un atajo. Cuando tomaba ese camino, no me llevaba mucho tiempo llegar a casa en las mañanas, solo me despertaba y ya estaba ahí —masculla su abuelo y se da unos golpecitos en la frente.

El chico quiere preguntar más cosas, pero su abuelo alcanza a detenerlo:

—Cuéntame más de tu escuela, Noahnoah.

Noah se encoge de hombros.

—Hacemos muy pocos cálculos y escribimos demasiado.

—Siempre es así. Nunca aprenderán, esas escuelas.

—Y no me gustan las lecciones de música. Papá está tratando de enseñarme a tocar la guitarra, pero no puedo hacerlo.

—No te preocupes. La gente como nosotros posee otro tipo de música, Noahnoah.

—¡Y todo el tiempo tenemos que escribir ensayos! Una vez, la maestra quería que escribiéramos sobre cuál creemos que es el significado de la vida.

—¿Qué escribiste?

—«Hacernos compañía».

El abuelo cierra los ojos.

—Es la mejor respuesta que he escuchado.

—Mi maestra dijo que tenía que escribir una respuesta más larga.

—Y entonces, ¿qué hiciste?

—Escribí: «Hacernos compañía. Y comer helado».

El abuelo reflexiona por un buen rato. Luego pregunta:

—¿Qué clase de helado?

Noah sonríe. Es lindo que alguien te entienda.

Están parados sobre un camino y son jóvenes de nuevo. Él recuerda todo lo que vio en ella la primera vez que la contempló, mantiene escondidas esas imágenes tan lejos de la lluvia como le es posible. Tenían dieciséis años y, aquella mañana, incluso la nieve era feliz; caía con la ligereza de una burbuja de jabón y aterrizaba en mejillas frías, como si los copos intentaran despertar a la persona amada. Ella estaba de pie frente a él con el mes de enero impregnado en su cabello, y él estaba confundido. Ella era la primera persona en su vida que no pudo descifrar, a pesar de que, después de ese día, dedicó cada minuto de su existencia a intentarlo.

—Siempre supe quién era yo cuando estaba contigo. Tú eras mi atajo —le confía él.

—A pesar de que nunca tuve ningún sentido de la orientación —ríe ella.

—La muerte es injusta.

—No, la muerte es un tambor lento. Va contando cada golpe. No podemos negociar con ella para obtener más tiempo.

—Qué hermosa manera de decirlo, mi amor.

—Me lo robé de algún lado.

La risa de ambos hace eco en el pecho del otro, y entonces él dice:

—Extraño todas nuestras cosas más ordinarias. Desayunar en la terraza. La maleza en las jardineras.

Las respiraciones de ambos se alternan, y entonces ella responde:

—Extraño el amanecer. La manera en que el sol pisoteaba la orilla del agua, cada vez más frustrado e impaciente, hasta que ya no era posible contenerlo. La manera en que lanzaba destellos en su recorrido a través del lago, alcanzaba las piedras junto al muelle y tocaba tierra, posaba su cálida mano en nuestro jardín, derramaba una suave luz en nuestra casa, nos permitía quitarnos los cobertores de encima y empezar nuestro día. Extraño al que eras entonces, mi querido perezoso matutino. Extraño estar contigo en ese lugar.

—Vivimos una vida extraordinariamente ordinaria.

—Una vida ordinariamente extraordinaria.

Ella se ríe. Ojos viejos, luz del sol nueva, y él todavía recuerda cómo se sentía enamorarse. La lluvia no ha llegado aquí.

Bailan sobre el atajo hasta que oscurece.

En la plaza hay gente moviéndose en todas direcciones. Un hombre borroso pisa una de las patas del dragón, y el dragón se lo reprocha enfadado. Debajo de un árbol, un muchacho toca la guitarra, una melodía triste, el abuelo la acompaña con un tarareo. Una mujer joven camina descalza por la plaza, se detiene para acariciar al dragón. De repente, sus palmas buscan por encima de su abrigo rojo, encuentran algo en sus bolsillos, algo que parece haber estado buscando por mucho tiempo. La mujer alza la mirada, directo hacia Noah, ríe alegremente y le hace señas con la mano. Como si él la hubiera estado ayudando en esa búsqueda y ella quisiera informarle que ya no hacía falta. Que ya lo encontró. Que todo está bien. Por un solo instante, Noah puede ver el rostro de la mujer con claridad. Tiene los ojos de la abuela. El chico parpadea, y ella se ha ido.

—Se parecía a… —susurra él.

—Lo sé —asiente su abuelo.

Las manos del viejo se mueven inquietas en sus propios

bolsillos, y entonces las alza y deja que los dedos toquen sus sienes, como el exterior de una caja de pasas. Como si estuviera tratando de liberar a sacudidas un trozo del pasado adherido ahí dentro.

—Yo... Ella... Esa es tu abuela. Se veía más joven. Nunca pudiste conocerla en su juventud, ella posee... poseía los sentimientos más intensos que yo haya percibido en una persona, cuando se enfadaba podía vaciar un bar lleno de hombres hechos y derechos, y cuando estaba feliz... era imposible defenderse contra eso, Noahnoah. Era una fuerza de la naturaleza. Todo lo que soy provino de ella, ella era mi *Big Bang*.

—¿Cómo te enamoraste de ella? —pregunta el chico.

Las manos del abuelo aterrizan con una palma en su propia rodilla y la otra en la rodilla del chico.

—Ella se extravió en mi corazón, eso creo. No encontró la salida. Tu abuela siempre tuvo un terrible sentido de la orientación. Podía extraviarse en una escalera eléctrica.

Y entonces llega su risa, chisporroteando y reventando como si fuera humo de leña seca ardiendo en su estómago. Posa su brazo sobre los hombros del chico.

—Nunca en la vida me he preguntado cómo me enamoré de ella, Noahnoah. Solo me he preguntado lo opuesto.

El chico mira las llaves en el suelo, mira la plaza y la fuente. Levanta la vista hacia el espacio, si extiende los dedos puede tocarlo. Se siente suave al tacto. Cuando el abuelo y él se van de pesca, pueden permanecer acostados en el fondo del bote con los ojos cerrados durante horas, sin decirse una sola palabra.

Cuando la abuela estaba aquí siempre permanecía en la casa, y si alguien le preguntaba dónde se encontraban su esposo y su nieto, ella respondía «En el espacio exterior». Ese lugar les pertenece a los dos.

Ella falleció una mañana de diciembre. Toda la casa olía a jacintos, y el chico lloró el día entero. Aquella noche se acostó junto a su abuelo en el jardín, de espaldas sobre la nieve, y miró el cielo estrellado. Ambos cantaron para la abuela. Cantaron para el espacio. Lo han hecho casi cada noche desde entonces. Ella les pertenece a los dos.

—¿Tienes miedo de olvidarla? —pregunta el chico.

El abuelo dice que sí con la cabeza.

—Mucho.

—Tal vez solo necesitas olvidar su funeral —sugiere Noah.

El propio chico bien podría imaginarse a sí mismo olvidando los funerales. Todos y cada uno de ellos. Pero su abuelo mueve la cabeza de un lado a otro.

—Si olvido el funeral, entonces olvidaré por qué no debo olvidarla.

—Eso se oye muy enredado.

—A veces la vida es así.

—La abuela creía en Dios, pero tú no. ¿De todos modos puedes ir al cielo si mueres?

—Solo si estoy equivocado.

El chico se muerde el labio y hace una promesa:

—Cuando la olvides te contaré acerca de ella, abuelo. Todas las mañanas, antes que nada, lo primero que haré será contarte acerca de ella.

El abuelo estrecha el brazo de Noah.

—Cuéntame que ella y yo bailábamos, Noahnoah. Cuéntame que así se siente enamorarse, como si no tuvieras espacio para ti mismo en tu interior.

—Lo prometo.

—Y cuéntame que tu abuela odiaba el cilantro. Cuéntame que yo les decía a los meseros en los restaurantes que ella tenía una alergia mortal, y cuando me preguntaban si realmente alguien podía ser tan alérgico al cilantro, yo les respondía: «Créanme, su alergia puede ser mortal, si le sirven cilantro, ¡podrían morir!». A tu abuela no le parecía gracioso en lo más mínimo, era lo que me decía, pero se echaba a reír cuando pensaba que no la estaba viendo.

—Ella decía que el cilantro no es un condimento, sino un castigo —se echa a reír Noah.

El abuelo asiente, pestañea hacia la copa de los árboles y respira profundamente el aire que proviene de las hojas. Luego posa su frente en la del chico y le pide:

—Noahnoah, prométeme una cosa, una última cosa de verdad: cuando tu adiós sea perfecto, tienes que irte de mi lado y no mirar atrás. Vive tu vida. Extrañar a alguien que todavía está aquí es algo terrible.

El chico medita durante un tiempo largo, largo, largo. Entonces dice:

—Pero que tu cerebro esté enfermo tiene un lado positivo: vas a ser muy bueno para guardar secretos. Eso es algo bueno si tienes nietos.

Su abuelo asiente con la cabeza.

—Es verdad, es verdad... ¿De qué estábamos hablando?

Ambos esbozan una amplia sonrisa.

—Y no creo que debas tener miedo de olvidarme —afirma el chico tras un momento de reflexión.

—¿Ah, no?

Las comisuras en la boca del chico rozan los lóbulos de sus orejas.

—No, porque si me olvidas, entonces podrás conocerme de nuevo. Y eso te gustará, porque de hecho soy una persona a la que es genial conocer.

Su abuelo se ríe tanto que la plaza se sacude. No conoce una bendición más grande.

Ambos están sentados en el pasto, él y ella.

—Ted está muy enfadado conmigo, mi amor.

—No está enfadado contigo, está enfadado con el universo. Está enfadado porque tu enemigo es un enemigo contra el que no puede pelear.

—Es un gran universo con el cual habría que estar enfadado, una ira eterna. Desearía que Ted…

—¿Que Ted fuera más como tú?

—Menos. Que fuera menos como yo. Menos iracundo.

—Lo es. Es solo que se siente más triste. ¿Te acuerdas de cuando era pequeño y te preguntó por qué la gente viajaba al espacio?

—Sí. Le dije que era porque los seres humanos nacieron para ser aventureros, tenemos que explorar y descubrir, está en nuestra naturaleza.

—Pero notaste que estaba asustado, así que también le dijiste: «Ted, no viajamos al espacio porque les tengamos miedo a los extraterrestres. Lo hacemos porque tenemos miedo de estar solos. Es un universo terriblemente grande como para estar solos en él».

—¿Yo dije eso? Fue algo inteligente de mi parte.

—Seguramente se lo robaste a alguien.

—Seguramente.

—Tal vez ahora Ted le dice lo mismo a Noah.

—Noah nunca le ha tenido miedo al espacio.

—Claro, porque Noah es como yo, él cree en Dios.

El viejo se acuesta en el pasto y les sonríe a los árboles. Ella se levanta y empieza a andar, pasa por la cerca de arbustos, camina a lo largo del costado del barco mientras le pasa la mano con aire pensativo.

—No se te olvide poner más piedras debajo del ancla, Noah está creciendo muy rápido —le dice ella como recordatorio.

Durante el crepúsculo, el camarote del barco de pesca —ese cuarto donde el abuelo trabajó por tantos años— daba la impresión de ser muy pequeño, aunque era suficiente para sus ideas más grandes. Las luces siguen ahí. Él las colgó por fuera del barco para que Noah lo encontrara en caso de que se despertara de una pesadilla y necesitara hallar a su abuelo. Estaban hechas un lío, un desorden de focos verdes, amarillos y morados, para hacer reír a Noah en cuanto los viera, pues daban la impresión de que el abuelo tenía muchas ganas de ir al baño cuando los puso. Y es que no puedes tener miedo de cruzar un jardín oscuro cuando te estás riendo.

Ella se acuesta junto a su esposo, suspira al sentir la piel de él cerca de la suya.

—Aquí fue donde construimos nuestra vida. Todo. Allá está el camino donde le enseñaste a Ted a andar en bicicleta.

Los labios de él se esconden entre sus dientes cuando admite:

—Ted aprendió solo a andar en bici. Así como aprendió él solo a tocar la guitarra cuando le dije que dejara de jugar con ella y mejor hiciera la tarea de la escuela.

—Eras un hombre ocupado —susurra ella con remordimiento en cada palabra, pues sabe que carga con la misma culpa.

—Y ahora Ted es un hombre ocupado —dice él.

—Pero el universo les hizo un regalo a ti y a Ted en la forma de Noah. Él es el puente entre ustedes dos. Por eso recibimos la oportunidad de consentir a nuestros nietos, pues al hacerlo nos disculpamos con nuestros hijos.

—¿Y cómo impedimos que nuestros hijos nos odien por ello?

—No podemos hacerlo. No es nuestro trabajo.

Él persigue su propia respiración, entre su garganta y su pecho.

—Todo el mundo se preguntaba constantemente cómo podías soportarme, mi amor. A veces yo también me lo pregunto.

Cómo extraña él sus risitas tontas y la forma en que parecían ganar velocidad por el camino que recorrían desde sus pies.

—Tú fuiste el primer muchacho que conocí que sabía bailar. Pensé que probablemente lo mejor era aprovechar esa oportunidad, pues ¿quién sabe qué tan seguido aparecen muchachos así?

—Lamento todo el asunto del cilantro.

—No lo lamentas en lo más mínimo.

—No, en realidad no lo lamento para nada.

En la oscuridad, ella suelta su mano con delicadeza, pero su voz todavía descansa sobre la oreja de su esposo.

—No se te olvide poner más piedras debajo del ancla. Y pregúntale a Ted por su guitarra.

—Ya es demasiado tarde.

Ella se ríe dentro del cerebro de él. Por todas partes en su interior.

—Mi querido obstinado... Nunca es demasiado tarde para preguntarle a tu hijo sobre algo que él ama.

Entonces cae la lluvia, y lo último que él le dice a su esposa, en voz muy alta, es que también desea estar equivocado. Con toda el alma. Y que espera discutir con ella cuando estén en el cielo.

Un chico y su papá caminan por un pasillo, el papá sostiene la mano del chico con delicadeza.

—No hay nada de malo en tener miedo, Noah, no tienes por qué sentirte avergonzado —repite el papá.

—Lo sé, papá, no hay problema —dice Noah, subiéndose el pantalón que se le empezaba a caer.

—Te queda un poquito grande, era la talla más pequeña que tenían. Necesito ajustártelo cuando lleguemos a casa —le promete su papá.

—¿El abuelo siente dolor? —Noah quiere saber.

—No, y no te preocupes por eso, solo se lastimó la frente cuando se cayó en el bote. No es tan grave como parece, Noah, no le duele.

—Quiero decir por dentro. ¿Siente dolor por dentro?

Entonces su papá suspira y cierra los ojos, sus pasos se vuelven más lentos.

—Es difícil de explicar, Noah.

Noah asiente y sujeta la mano de su papá con más fuerza.

—No tengas miedo, papá. Esto mantiene alejados a los osos.

—¿Qué cosa?

—Que me haya orinado encima en la ambulancia. Eso mantiene alejados a los osos. ¡No habrá ningún oso en esa ambulancia por varios años!

La risa del papá de Noah es como un trueno. A Noah le encanta. Las manos grandes del papá sostienen sus manos pequeñas con delicadeza.

—Solo debemos ser cuidadosos, ¿me entiendes? Con tu abuelo, quiero decir. Su cerebro... La cuestión es que, a veces, el cerebro de tu abuelo va a funcionar más lento de lo que estamos acostumbrados, Noah. Más lento de lo que tu abuelo está acostumbrado.

—Sí. Ahora cada mañana el camino a casa se vuelve más y más largo.

El papá de Noah se agacha y lo abraza.

—Mi querido geniecito. Noah, el cielo nunca será tan grande como mi amor por ti.

—¿Qué podemos hacer para ayudar al abuelo?

Las lágrimas del papá se quedan en el suéter del chico.

—Podemos ir con él a lo largo del camino. Podemos hacerle compañía.

Toman el elevador que desciende al estacionamiento del hospital, caminan de la mano hacia el auto. Van por la tienda de campaña verde.

Ted y su papá discuten de nuevo. Ted le pide que se siente, su papá brama furioso:

—¡No tengo tiempo para enseñarte a andar en bici hoy, Ted! ¡Ya te lo dije! ¡Tengo que trabajar!

—Está bien, papá. Lo sé.

—¡Solo quiero mis cigarros, con un carajo! ¡Dime en dónde los escondiste! —ruge su papá.

—Hace muchos años que dejaste de fumar —dice Ted.

—¿Qué demonios sabes tú?

—Lo sé porque lo dejaste cuando yo nací, papá.

Se miran fijamente y respiran. Respiran y respiran y respiran. Es una ira eterna, estar enfadado con el universo.

—Yo... Es... —murmura el abuelo.

Las manos anchas de Ted sostienen sus hombros delgados; el abuelo toca la barba de Ted.

—Has crecido mucho, Tedted.

—Escúchame, papá. Noah está aquí ahora y va a sentarse contigo. Tengo que ir al auto por algunas cosas.

El abuelo asiente y posa su frente en la de Ted.

—Debemos irnos a casa pronto, mi muchacho, tu mamá nos está esperando. Seguramente está preocupada.

Ted se muerde el labio inferior.

—Sí, papá, nos iremos pronto. Muy, muy pronto.

—¿Cuánto mides ahora, Tedted?

—Un metro con ochenta y siete, papá.

—Cuando volvamos a casa, tenemos que poner más piedras debajo del ancla.

Ted casi ha llegado a la puerta cuando el abuelo le pregunta si trae su guitarra.

En la habitación de un hospital, al final de una vida, alguien ha montado una tienda de campaña verde justo en medio del piso. Alguien despierta dentro de la tienda, atemorizado y sin aliento, sin saber dónde está. A su lado, un hombre joven le susurra:

—No tengas miedo.

La persona que acaba de despertar se sienta dentro de su saco de dormir, abraza sus rodillas temblorosas, se echa a llorar.

—No tengas miedo —repite el hombre joven.

Un globo rebota contra el techo de la tienda de campaña, su cordel llega hasta la punta de los dedos de esa persona.

—No sé quién eres —dice con un susurro.

El hombre joven le acaricia el antebrazo.

—Me llamo Noah. Tú eres mi abuelo. Me enseñaste a andar en bici en el camino afuera de tu casa, y amabas tanto a mi abuela que no tenías espacio para ti mismo en tu interior. Ella odiaba el cilantro, pero podía soportarte. Juraste que jamás dejarías de fumar, pero lo hiciste cuando te convertiste en padre. Has estado en el espacio, porque naciste para ser aventurero, y una vez fuiste a ver a tu doctor y le dijiste: «¡Doctor, doctor! ¡Me fracturé mi brazo en dos lugares!». Y entonces el doctor te dijo que tenías que dejar de ir a esos lugares.

Entonces el abuelo sonríe, sin mover los labios. Noah coloca el cordel del globo en la mano de su abuelo y le muestra que él sostiene el otro extremo.

—Estamos dentro de la tienda de campaña en la que acostumbrábamos pasar la noche junto al lago, abuelo, ¿lo recuerdas? Si amarras este cordel alrededor de tu muñeca puedes seguir sujetando el globo cuando te quedes dormido, y cuando tengas miedo, solo necesitas tirar del cordel y entonces te jalaré de vuelta a terreno seguro. Siempre lo haré.

El abuelo asiente despacio y, sorprendido, acaricia la mejilla de Noah.

—Te ves distinto, Noahnoah. ¿Cómo van las cosas en la escuela? ¿Los maestros son mejores ahora?

—Sí, abuelo, los maestros son mejores. Ahora yo soy uno de ellos. Los maestros son geniales hoy en día.

—Eso es bueno, Noahnoah, eso es bueno, es imposible que una gran mente se mantenga atada a la Tierra —susurra su abuelo y cierra los ojos.

El espacio exterior canta afuera de la habitación del

hospital, Ted toca la guitarra, el abuelo lo acompaña tarareando con la boca cerrada. Es un gran universo con el que habría que enfadarse, pero también es una larga vida para vivirla acompañado. Noah acaricia el cabello de su hija, la niña se vuelve hacia él dentro de su saco de dormir sin despertarse. A ella no le gustan las matemáticas, prefiere las palabras y los instrumentos musicales, igual que su abuelo. Dentro de poco, sus pies alcanzarán el suelo. Duermen todos juntos, en hilera, la tienda de campaña desprende un aroma a jacintos, y no hay nada que temer.

Agradecimientos

Quiero agradecer a Vanja Vinter, Niklas Natt och Dag, Malin Larsson, John Häggblom, Johan Zillén, Riad Haddouche, Erik Edlund, Karin Wahlén, Anna Svensson, Pia Printz, Sofia Brattselius-Thunfors y a todas las demás personas que, en formas diversas, leyeron y reflexionaron acerca de este texto antes, durante y después de la época en que lo escribí.

Agradezco especialmente a Tor Jonasson, quien me convenció de que esto podía convertirse en un libro de verdad; a Adam Dahlin y Sara Lindegren en Bokförlaget Forum; y a Peter Borland y Judith Curr en Atria —y ahora en Harper Collins—, quienes se dejaron convencer por Tor.

También quiero extender mi agradecimiento a todas las personas que leyeron el texto mientras estuvo publicado en internet, que donaron dinero a la beneficencia en su nombre y que escribieron cosas lindas acerca de él en diferentes lugares. No tengo ni el espacio ni la habilidad para expresar en estas páginas todo lo que significó para mí. Espero que me perdonen por haber roto mi promesa al haber dejado que un libro que no estaba destinado a serlo, al final se convirtiera en uno.

Pero, sobre todo, quiero agradecer a Neda, al mono y a la rana. Espero que ustedes nunca dejen de discutir conmigo.

Acerca del autor

Fredrik Backman es escritor *bestseller* del *New York Times*, autor de *Gente ansiosa*, *Britt-Marie estuvo aquí*, *Mi abuela me pidió que te dijera que lo siente*, *Un hombre llamado Ove*, *Beartown* y *Nosotros contra todos*. Sus libros han sido publicados en más de 40 países. Vive en Estocolmo, Suecia, con su esposa y sus dos hijos.